사색의 강변에 마주 앉아

작가약력
1945년 경북 봉화 출생. 서라벌예술대학 문예창작학과 졸업.
1978년 월간문학 신인작품상에 〈사자(死者)의 춤〉이 당선되어 문단에 데뷔했다.
현대문학·소설문학·문학정신 등 문예지에서 다년간 근무했다.
창작집 〈오월에서 사월까지〉(1985년), 〈이명(耳鳴)〉(1988년), 〈숨은 사랑〉(1993년),
〈의혹〉(1999년)과 장편소설 〈인간의 숲〉(1986년), 〈아들 나라〉(1990년)
역사소설 〈신국(新國)〉(1995년), 〈대상(大商)〉(1995년) 등이 있다.
현재 경기대학교 문예창작과에 출강하고 있다.

정종명 산문집
사색의 강변에 마주 앉아

2001년 12월 10일 발행
2001년 12월 17일 1쇄

지은이 / **정 종 명**
펴낸이 / **윤 현 호**
펴낸곳 / **뿌리출판사**
주 소 / 서울시 성동구 성수 2가 317-10 2F 우편번호 / 133-835
전 화 / (02)2247-1115(代) 팩 스 / (02)2247-7865
출판등록 / 서울시 등록(카) 제 1-551호 1987.11.23

값 / 8000원
ISBN 89-85622-30-7

*잘못된 책은 바꾸어 드립니다.
*인지는 저자와의 협의에 의하여 생략합니다.
*이 책은 경기문화재단에서 제작비 일부 지원을 받았습니다.

사색의 강변에 마주 앉아

정종명 산문집

뿌리출판사

1

작가의 말 *9*

기도 *13*

칭찬 *15*

가을 문턱에서 *21*

사색의 강변에 마주 앉아 *25*

욕심 *31*

인내와 극기 *35*

명곡 감상 *41*

약속 *45*

새로운 마음가짐으로 *51*

용기 *57*

열등감에 대하여 *63*

새해 아침에 *69*

마지막 달력 앞에서 *73*

감주 *79*

우리 마을 우리 동네 *83*

거짓말 *85*

직장과 가정 *87*

초보운전 실수기 *91*

나와 광복50년 *97*

2

욕망과 비극 *103*

간통죄 *111*

만년필 *117*

독서 *123*

원고료 이야기 *129*

문예지 편집자 *133*

내 작품의 뒤안길 *139*

나의 문학 수업기 *145*

나의 데뷔작 *153*

나의 작품 취재기 *157*

스승 김동리 *161*

작가 일기 *165*

3

나의 첫 강의 *197*

문단에는 이렇게 데뷔한다 *209*

수필문학의 현주소 *217*

이렇게 하면 좋은 글을 쓴다 *227*

우리 모두 반성하자 *235*

작가의 말

　나는 고갱의 그림 '씨뿌리는 농부'를 좋아합니다. 한 젊은이가 넓은 밭에서 열심히 씨를 뿌리고 있습니다. 그의 몸에는 생기가 충만하고, 그의 얼굴에는 희망이 가득하고, 그의 팔과 다리에는 씩씩한 기운이 넘쳐 흐릅니다. 단순하면서도 힘찬 그림입니다. 소박하면서도 뜻이 깊은 그림이라고 생각합니다. 우리는 생각이라는 씨, 말이라는 씨, 행동이라는 씨를 뿌리며 살아가고 있습니다. 예로부터 심은 대로 거둔다는 말이 있습니다. 풍성한 열매를 얻기 위해서는 지금 열심히 노력의 씨앗을 뿌려야 하겠습니다.

　어떤 사람이 도끼를 잃어버리고 이웃집 아이를 의심했습니다. 그 아이를 볼 때마다 그 아이의 행동이나 말하는 것이나 모두 도둑처럼 보였습니다. 얼마 후에 그 사람은 집 앞의 도랑을 치우다가 거기서 잃어버렸던 도끼를 찾게 되었습니다. 다음 날 그 남자는 또다시 이웃집 아이를 보게 되었습니다. 그러나 그 아이의 말이나 행동 어느 면에서도 도둑의 면모를 발견할 수가 없었습니다. 그렇습니다. 우리가 세상을 볼 때나 다른 사람을 대할 때, 자신만의 판단으로 보고 있지는 않은지요? 의심으로 가득 찬 눈은 아름다운 삶을 살지 못하게 하는 방해물입니다.

　―나는 요즘 이런 이야기에 소설보다 더 큰 감동을 받습니다.

2001년 11월　하순에

정 종 명

1

기도 *13*

칭찬 *15*

가을 문턱에서 *21*

사색의 강변에 마주 앉아 *25*

욕심 *31*

인내와 극기 *35*

명곡 감상 *41*

약속 *45*

새로운 마음가짐으로 *51*

용기 *57*

열등감에 대하여 *63*

새해 아침에 *69*

마지막 달력 앞에서 *73*

감주 *79*

우리 마을 우리 동네 *83*

거짓말 *85*

직장과 가정 *87*

초보운전 실수기 *91*

나와 광복50년 *97*

기도

  듣지 않는 곳에서 삼가고, 보지 않는 곳에서 진실하게 하소서. 마주 서서 아첨하고 돌아서서 손가락질하지 않게 하소서. 남을 정죄하기 전에 그 사람이 그럴 수밖에 없었던 사정과 처지를 헤아릴 줄 알게 하소서.

  다른 사람의 허물을 지적하지 말고, 나무라지 말고, 충고하지 말고, 헐뜯지 말고, 질타하지 말고, 비판하지 않게 하소서.

  앙심을 품거나 복수하지 않게 하소서. 내게 은혜 베푼 사람을 잊지 않게 하소서. 나를 비방하고 손가락질했던 사람을 기억하지 않게 하소서. 교묘한 말로 다른 사람의 품위를 훼손하고, 질투하지 않게 하소서. 사랑과 긍휼의 마음을 주시고, 이해하고 용서하며 살게 하소서.

  재물과 명예에 매달려 참된 가치를 잊고 지내는 어리석음을 범하지 않게 하소서. 떳떳하고 당당하게 살게 하소서. 남이 나를 깔보고 업신여기지 않을까 두려워하지 않게 하소서.

나보다 못한 사람 앞에서 나의 재주와 능력을 자랑하지 않게 하소서. 몸을 낮추고 눈높이를 낮추게 하소서. 원망하고 분노하고 저주하고 증오하지 않게 하소서.

나보다 더 배고픈 사람을 생각하게 하소서. 나보다 더 목마른 사람을 생각하게 하소서. 나보다 더 불쌍한 사람을 생각하게 하소서. 내가 자랑스런 사람이라면 나보다 더 자랑스런 사람을 생각하게 하소서.

사랑받기를 바라지 말고, 먼저 다른 사람을 사랑하게 하소서. 내가 베푼 작은 은혜가 큰 은혜로 자라서 되돌아온다는 사실을 굳게 믿게 하소서. 하찮게 여겨지는 작은 친절이 큰 사랑의 기초임을 알게 하소서. 작은 희생이 이웃과 사회와 나라를 사랑하는 첫걸음임을 알게 하소서.

해야 할 일을 내일로 미루지 않게 하소서. 항상 오늘이 마지막이라는 생각을 갖고 최선을 다하게 하소서. 하늘을 우러러 부끄럽지 않는 삶을 살게 하소서.

이슬 한 방울 모래 한 알에도 인생의 깊은 의미가 있다는 것을 깨닫게 하소서. 실패에 한탄하지 말고 끊임없이 노력하는 사람이 되게 하소서. 바르게 생각하고, 바르게 보고, 바르게 말하고, 바르게 실천하게 하소서.

간절히 원하고 바라옵니다. 남의 눈에 꽃이 되고 길이 되게 하소서.

칭찬

남을 칭찬할 줄 아는 사람을 만나 이야기를 나누어 보면 마음이 편안하고 기분이 그렇게 유쾌할 수가 없다. 마음이 편안하고 기분이 유쾌한 정도에서 그치는 것이 아니라 사실은 우러러보는 존경심마저 일어난다. 이 사람은 다른 사람과 다른 점이 참 많구나 하는 탄복의 느낌이 들면서 말이다.

말이 쉬워 칭찬이지 요즘 같은 각박한 세상에 남의 장점을 찾아내어 추켜올려 주기란 그리 쉬운 일이 아니다. 어떻게 하든 발목을 잡아채어 이리 뜯고 저리 뜯고, 심지어는 없는 허물도 만들어 내어 물어뜯어야 직성이 풀리는 세상 아닌가.

입만 열었다 하면 남을 헐뜯기만 하는 그런 친구가 우리 주변에는 의외로 너무 많다. 우선 당장은 그 험담에 편승하는 것 이상 재미있는 일도 사실은 없다. 가령 술자리 같은 데서 웃사람을 안주로 삼을 때의 재미란 여간 재미있는 깨소금이 아니다.

그러나 험담에 이골이 난 사람과 헤어져 집에 돌아와 혼자 곰곰이 생각해 보면 그 험담가가 내게 남겨 준 것은 혐오감밖에 없다는 사실을 어렵지 않게 깨닫게 된다. 그리고 나 역시 그 험담가의 요설에 어느 정도 맞장구를 쳐 주었던 만큼 내가 한 말이 혹 당사자의 귀에 들어가기라도 하면 어쩌나 싶어 겁이 난다. 가만 있었으면 하지 않아도 될 군걱정을 사서 하게 되었으니, 이런 경우를 두고 자업 자득이라 해야 하지 않을까.

사람은 누구를 막론하고 다른 사람들로부터 칭찬받기를 좋아한다. 그러나 면전에서 칭찬을 들으면 어쩐지 낯간지럽기도 하고, 또 이게 이 사람의 진심인가 의심스런 구석도 없지 않게 마련이다. 그래서 예로부터 면찬은 삼가는 것이 예의에 속했지만, 반대로 제삼자를 통해 칭찬하더라는 말을 전해 듣게 되면 이런저런 선입견 없이 그렇게 기분이 좋아질 수가 없다. 단순히 기분만 좋아질 뿐이 아니고, 적절한 댓가에다 덤까지 덧붙여 두 배, 세 배로 갚아 주고 싶은 충동마저 갖게 된다.

팥 심은 데 팥 나고, 콩 심은 데 콩 난다. 세상은 자기가 뿌린 씨앗대로 거두어들인다.

털어서 먼지 안 나는 주머니 없고, 아무리 고매한 인격자라도 한꺼풀 뒤집어 보면 누구나 구린 구석은 있게 마련이고, 아무리 못나 보이는 사람에게도 그 사람 나름대

로의 장점은 갖추고 있다. 문제는 어떤 시각과 마음가짐
으로 상대를 바라보느냐가 포인트다. 부처의 눈에는 부
처만 보이고 돼지의 눈에는 돼지만 보인다고 하지 않았
던가!

 사람이란 누구나 실수를 저지른다. 아는 것이 많고, 언
행이 아무리 신중하다 해도 사람이란 때로 자기 자신도
모르는 사이에 실수를 저지르고 만다. 그래서 돌이킬 수
없는 화근을 자초하는 수가 없지 않지만, 문제는 이런 경
우 재빨리 자신의 실수를 시인하고 반성하고자 하는 마
음가짐을 가져야 한다는 점이다. 다시는 실수하지 않겠
다는 반성이 오히려 더 크고, 고매한 인격 형성의 계기가
되기도 한다.

 안 그런 척하지만 사실은 남을 헐뜯는 것이 습관이 되
어 버린 사람이 우리 주변에는 참 많다. 누구는 뭐가 어
떻고, 누구는 뭐가 저렇고, 혀끝에 올려지는 사람마다 무
사히 통과되는 경우가 거의 없다. 앞서도 이야기한 바와
같이 털어서 먼지 안 나는 주머니 없듯이 흉을 잡기로 들
면 세상 사람들치고 고만고만한 허물은 누구나 다 갖고
있다. 문제는 나무는 보지 못하고 숲만 보게 됨으로써 빚
어지는 어리석음을 범해서는 곤란하다는 이야기다.

 남을 매도하고, 비난하고, 헐뜯기 좋아하는 사람의 심
리를 가만히 들여다보면 대개는 자기 자신을 높이고자
애쓰고 있다는 사실을 알게 된다. 물론 처음부터 자기를
내세우지도 않고, 자기 자랑을 시종 일관 늘어놓는 것도

아니지만, 남을 헐뜯는 근본 동기는 거기서 출발한다. 그렇다면 당신은 뭐가 그렇게 잘났느냐고 야박스럽게 정곡을 찔러 볼라치면, 그런 사람은 그런 경우에 대비해 적절한 답변도 마련해 놓고 있다. 나야 애시당초 허물이 많은 사람이니까 예외로 치고 하는 말이라는 대답이 그것이다. 미꾸라지처럼 꾀바르게 발뺌을 해버리지만 단언하건대 그것은 명백한 거짓말이며, 혼란을 야기시키는 요설일 뿐이다.

동서 고금을 통해 많은 현인들이 말에 대해 그럴 듯한 정의를 내려놓았다. 플르타르크 영웅전을 보면 이런 말이 있다. 말은 짧으면서도 의미심장하게 쓰도록 훈련시키기 위해 한참 동안 조용히 있다가 요소를 찌르는 말을 해야 한다는 가르침이 그것이다. 오스틴은 말수가 적으면 적을수록 좋다고 말했고, 아름다운 말은 미덥지 못하다고 지적한 사람은 노자였고, 평생 은덕을 베풀어도 한마디 말의 잘못으로 이를 깨뜨린다고 말한 사람은 공자였다.

가능한 한 다른 사람을 칭찬해 보는 습관을 가져 보는 것이 좋다. 더도 덜도 말고 하루에 한 사람씩 남을 칭찬해 보자. 당사자 앞에서 면찬을 하라는 것이 아니라 되도록 제삼자를 통해 그 사람을 칭찬해 보자. 헤어 스타일이 멋지다거나 옷맵시가 좋다고 칭찬해 보는 것도 괜찮다. 도대체가 칭찬할 구석이라곤 손톱 만큼도 없는 그런 보잘 것 없는 사람을 어떻게 칭찬하느냐고 항의하지 말라.

아무리 보잘것 없어 보이는 사람이라도 생각을 바꾸어
보면 그에게도 장점은 있게 마련이다. 열 배 스무 배의
이자(利子)가 붙어 되돌아올 것이다.

가을 문턱에서

가을은 수확의 계절이다. 봄에 씨를 뿌리고 여름 내내 땀을 흘리며 경작했던 농작물을 거둬들이는 계절이다. 씨를 적게 뿌린 사람이나 땀을 적게 흘린 사람은 따라서 수확이 적을 것이고, 씨를 남보다 많이 뿌린 사람이나 남보다 더 많은 땀을 흘린 사람은 따라서 남보다 수확도 더 많을 것이다. 그런 의미에서 보면 가을은 더할 수 없이 정직한 계절이다.

봄이 기대의 계절이고, 여름이 성장의 계절이라면, 가을은 사색과 관조의 계절이라 하겠다. 아무렇게나 되는 대로 무의미하게 사는 인생이 아니라, 무엇인가 생각하면서 사는 인생이어야 한다. 나름대로 설계하고 계획을 세워 사는 인생이어야 후회하지 않는 삶을 살게 된다. 책속에는 인생을 아름답고 보람 있게 사는 길이 있다. 밤이 늦도록 애써 독서를 하는 것도 그 때문이다.

내가 아는 어느 여자분은 나이 오십이 넘어 서예학원에 등록했다. 남아 돌아가는 시간을 주체할 수 없어 시간 때우기나 심심풀이로 나가는 형식적인 나들이가 아니다. 그 여자는 단 일 분을 아까와하면서 글씨 한 자라도 더 쓰기 위해 젊은 여자들 못지않은 의욕과 투지를 불태운다고 자랑한다.

그 여자가 장차 글씨로써 대성하리라는 기대를 나는 갖고 있지 않으며, 그 여자도 언감 생심 그런 거창한 꿈은 갖고 있지 않은 것으로 알고 있다. 문제는 뒤늦게나마 무엇인가를 배우기 위해 노력한다는 그 진지한 자세다. 아무리 힘이나 돈이 위세를 부리는 세상이라고는 하지만, 힘이나 돈 자체가 인생의 목적일 수는 없다. 언제 어디쯤에서 마감할는지 아무도 예측할 수 없는 인생을 우리는 살아가고 있다. 사람은 마지막 순간까지 배우면서 살아야 하고, 그것이 곧 자중 자애의 첫걸음이 아니겠는가.

"뭐 좀 신나는 일 없어?"

이런 인사말을 하는 사람들이 부쩍 많아진 것 같다. 그런데 이런 유의 인사를 받는 사람들 쪽의 대답도 피차 판에 박은 듯이 정해져 있다. 이 사람아, 신나는 일이 있으면 내가 여기서 이러고 있겠는가. 신이 날 만한 일이 도대체가 없다는 야유와 자탄(自歎)이 함께 어우러진 묘한 어법이다. 신나는 일이 없다는 바로 이 점이 문제다. 사람이 모이면 흥이 나야 하고, 흥이 나야 판이 어우러지고, 판이 어루러져야 뭔가 해볼 의욕도 생기는 법인데,

사방 팔방 어디를 둘러보아도 홍이 날 만한 시원한 모퉁이는 어디서도 찾아보기 어려운 것이 현실이다.

우리 사회는 지금 여러 면에서 깊은 병에 걸린 중환자와 흡사한 몰골이다. 병이 깊어도 보통 깊은 병이 아니다. 겉으로는 멀쩡한 것 같지만 속은 곪을 대로 곪아 있어서 상처 부위를 조금만 잘못 건드려도 대번에 터지고 말 것처럼 위태위태한 형세다. 병을 숨겨놓고 저절로 치유되기를 기다리는 미련한 환자는 조만간 목숨을 잃게 마련이다. 조기에 진단하여 적절한 처방을 내리면 얼마든지 치유가 가능한 병을 숨겨 놓고 혼자서 고민하는 환자——숨겨 놓은 것이 아니라 사실은 누구나 알고 있는 병이다. 누구도 믿지 못하고, 누구도 떳떳하지 못한 불신의 벽이 그것이다. 너희 가운데 죄 없는 자가 저 여인을 돌로 쳐라. 죄 없다고 당당하게 나설 사람은 아무도 없다. 한 치의 오차도 없이 수천 수만 년을 더듬어 온 자연의 수레바퀴 앞에서 우리 모두는 조용히 옷깃을 여며야 할 죄인일 따름이다.

시들어 가는 풀밭에 팔베개를 하고 누워 보라. 눈이 시리도록 푸른 하늘을 바라보노라면 문득 눈시울이 더워지는 서글픔을 느낄 것이다. 머리 위로 한 잎 두 잎 떨어지는 오동잎이 그렇고, 울바자 어디쯤에서 밤을 새워 가며 우는 풀벌레 소리가 그렇고, 한 줄기 바람에도 우수수 떼를 지어 떨어지는 은행잎이 또한 그렇다. 수확이 끝난 빈 들판에 홀로 외롭게 버려져 있는 허수아비처럼 인생은 진정 허망한 것인가.

모두 잠든 깊은 밤에 한 잔의 커피를 끓여 들고, 유리창을 스쳐가는 차가운 바람 소리에 묵묵히 귀를 기울여 보라. 미래에 대해 가슴 벅찼던 빛나는 젊은 시절은 어디로 가고, 자랑스런 성공담보다는 수치스런 실패담이 많았던 지난날을 기억할 것이다.

지금까지도 이루지 못한 꿈을 이제 와서 새삼 어쩌랴 한탄하면서 무기력하게 주저앉아 버려서는 안 된다. 늦었다고 생각하는 바로 그 순간이 새로운 기회의 출발점이다. 인생이란 무엇을 성취해 내기 위해 부단히 투쟁하는 삶의 연속이기는 하지만, 무엇을 반드시 성취한다는 그 자체보다 성취하기 위해 최선을 다하는 노력의 과정이 더 중요하다고들 한다. 인생을 오래 살아본 사람들의 말씀이 더욱 그러하다. 가장 수치스런 패배는 인생을 스스로 포기하는 것이 아닐까.

기상청 발표에 따르면 올가을은 유난히 짧다고 한다. 아, 가을인가 하는데 계절은 어느덧 겨울 문턱으로 넘어서는 경험을 우리는 갖고 있다. 아무리 삶이 고달프고 덧없다 하더라도 더 늦기 전에 이 가을에는 단풍잎 하나라도 주워 책갈피에 꽂아 보는 마음의 여유를 가져 보자. 그리고 스스로에게 이렇게도 물어 보자.

"이 세상에서 누가 너를 가장 사랑하는가?"

사색의 강변에 마주 앉아

여류작가 몇 명이 모여 앉아 한담을 나누다가 나에 관한 이야기가 나왔던 모양이다. 그 중에서 텔레비전 드라마를 주로 쓰는 모(某)씨가 나를 가리켜 한 말이 걸작이었다.

"아, 그 사람. 청량리역에 금방 내린 사람 같애."

꽤 오래 전의 일이어서 그 말을 내게 전해 준 사람이 누구인지는 기억에 남아 있지 않지만, 하여간에 그 말을 듣는 순간, 나는 터져나오는 폭소를 금할 수가 없었던 것을 지금도 또렷이 기억한다.

나는 서울에 발을 들여놓은 지가 어느덧 30여 년이 넘었다. 그러고 보면 어린 시절을 시골에서 보낸 것보다 서울에서 산 햇수가 더 많다. 이만큼 살았으면 시골티를 벗어날 법도 한데, 그게 영 그렇지를 못한 모양이다. 아직도 시골 냄새가 물씬거린다는 평을 얻어 듣고 있으니 말이다.

좋게 말하면 순박하다는 뜻이고, 나쁘게 말하면 어리석다는 뜻으로 해석이 가능한 그 촌스럽다는 평을 두고 생각해 보자면, 삼십대 중반에 느끼던 감정과 오십고개로 접어든 지금 느끼는 감정 사이에는 분명히 서로 다른 어떤 벽이 가로막혀 있다는 사실을 싫지만 나는 인정할 수밖에 없다. 청량리역에 금방 내린 사람 같애. 지금 그 말을 처음 전해 들었다면 과연 그 때처럼 폭소나 터뜨리고 말았을 것인지는 자신이 없다. 사람을 어떻게 보고 하는 소리냐고 의외로 몹시 노여워했을지도 모른다는 생각이 든다.

나는 삼십대 후반부터 특별한 까닭도 없이 머리카락이 빠지기 시작했고, 혈색도 그리 좋은 편에 속하지 못한 형편이다. 한마디로 세련미와는 거리가 먼 어설픈 풍모를 나는 지니고 있다.

서너 해 전까지만 해도 나는 옷에 대해 거의 무신경한 편이었다. 옷 따위야 아무렇게나 걸치고 다니면 어떠냐는 식이었다. 아내가 갈아 입기를 강요하지 않는 한 매양 같은 옷만 입고 나서기가 예사였다. 누구 말따나 청량리역에 금방 내린 사람인 주제에 잘 차려 입고 나서 보았자 두루마기 입고 자전거 타는 꼴이 아니겠느냐는 체념이라기보다는, 아무리 옷이 날개라 하더라도 정도 이상의 것은 나와는 애초부터 인연이 먼 것이라고 지레 치부하고 말았는데, 오십 고개에 접어든 요즘 나는 부쩍 의복에 신경을 쓰고 있는 스스로를 돌아보게 된다.

"저이 요즘 이상하다. 애인이라도 생긴 거예요?"

새로 사 가지고 들어간 옷을 갈아 입고 거울 앞에서 이리 재고 저리 재는 나를 보고 아내는 곧잘 입을 삐죽거린다. 핀잔이라기보다는 다분히 신기해 죽겠다는 그런 표정으로 말이다.

옷 사러 가자고 멱살을 잡아 끄는 식으로 덤벼들어도 이런 핑계 저런 핑계를 대면서 손을 가로젓던 사람이 스스로 옷을 사 들고 들어오게 되었으니 당연히 놀랄 법도 한 일인지도 모르겠다.

하지만 놀라야 할 사람은 아내가 아니라 어느덧 차림에 신경을 쓰지 않을 수 없게 된 나 자신의 변화가 아닐까. 아직은 늙어 간다는 사실 자체를 극구 부인하고 싶은 나이지만, 그러나 사람은 결국 이런 식으로 서서히 늙어 간다는 서글픈 초조감을 외면할 수 없는 긴장된 오십대를 속절없이 살아가고 있다는 그 명백한 사실 앞에서, 나는 어쩔 수 없이 나이를 의식하는 자신을 발견하고 무척 놀라곤 한다.

젊은 사람은 입성이 초라해 보여도 별 상관이 없지만 나이가 들면 들수록 차림만은 깔끔해야 한다고 나는 생각한다. 나이 든 사람이 꾀죄죄한 점퍼나 걸치고 다림질이 덜 된 바지를 아무렇게나 입고 다니는 걸 보면 아내를 일찍 여읜 홀아비 같은 느낌이 들고, 인생에 실패한 사람 같이 보이는 것이 세상의 인심이다. 젊은 사람들처럼 화

려한 차림을 한다는 것도 물론 무리가 따르겠지만, 그러
나 가능하다면 너무 초라해 보여서는 곤란하다.

　나이가 들면 나이가 든 그것 만큼 뭔가 이루어 놓은 것
도 있어야 하는데, 아무리 둘러보아도 살아온 흔적이 부
끄러움뿐이다. 사람 사는 것이 뭐 이리 시시하고 허망한
가 싶어지는 것도 솔직한 심정이다.

　누구나 다 마찬가지겠지만 나에게도 세월이 빨리 좀 흘
러 무엇도 되고 무엇도 하고 싶어 안달이 나서 못견디던
빛나는 젊은 시절이 있었다. 사랑하는 연인과 다정하게
팔짱을 끼고 떨어지는 낙엽을 밟으며 어둠살이 내리는
공원길을 하염없이 걷고 싶었던 사춘기도 있었고, 세상
의 누구 못지 않은 작품을 써서 사람들을 깜짝 놀라게 하
고 싶었던 피끓는 대학 시절도 있었다.

　그런데 이제는 많이 달라졌다. 아침에 잠자리에서 일어
나 세수를 하고 거울을 들여다볼 때마다 저것이 참다운
내 얼굴인가 의심이 들 때가 참 많다. 술이라도 마시고
난 아침이면 영락없이 우성부성 부어오른 눈두덩이가 나
를 더욱 슬프게 한다. 가능하다면 일을 떠벌여 무거운 짐
을 자청해서 떠맡기 전에 가능하다면 눈치 보아 적당히
꽁무니를 빼 보려고 바둥거리는 얄팍한 처세술에 물들어
버린 자신의 무기력을 증오하면서도 개선의 여지를 스스
로 가로막는 늙은 나를 상상하는 것만으로도 나는 벌써
진저리가 쳐진다.

　아직은 판을 벌여야 할 때가 아닐까. 의욕은 모든 일의

근본이다. 의욕이 없으면 만사가 귀찮아지고, 만사가 귀
찮아지면 공연한 허탈감과 열등감만 앞설 뿐이다. 환자
가 살아보겠다는 의욕이나 희망을 보이지 않는 한, 아무
리 탁월한 의술을 가진 명의(名醫)라도 그 환자의 병을
고치지 못한다고 한다. 모든 병은 마음에 먼저 온다고 하
던가. 나이 많다는 것, 늙는다는 것은 결코 자랑거리가
아니다. 가능하다면 나이는 적당히 잊고 지내는 것이 현
명한 처신이 아닌가 생각해 본다.

욕심

좀 산다는 집에 가 보면 꾸며놓은 가구, 집기가 아주 가관이다. 쓰레기통에서 냉장고에 이르기까지 거의 외제 일색이다. 정도가 좀 심한 경우는 수십 만원대의 조명등에서 수백 만원에 이르는 침대도 있다고 한다. 내 돈 가지고 내 마음대로 하겠다는데 누가 뭐라고 한들 무슨 상관이냐는 식이다.

이런 분위기를 조성한 사람은 일반 서민이 아니라 사실은 위정자들의 오판이나 쓸데 없는 교만이 빚어낸 결과다. 형편이 좀 좋아지면 샴페인 터뜨리기에 제정신이 아니고, 형편이 좀 어려워진다 싶으면 아무 대책도 내놓지 못하고 그 당장 얼굴색이 샛노랗게 변해 버리는 꼴이 더욱 가관이다.

러시아의 문호 톨스토이의 작품에 다음과 같은 이야기가 있다.

땅을 엄청나게 많이 가진 성주가 있었다. 그 성 안에 땅을 더 많이 가졌으면 하는 욕심 많은 농부가 있었다. 이 욕심 많은 농부는 땅만 준다면 무엇이든지 마다 하지 않는 그런 사람이었다.

하루는 성주가 그 농부를 불러 말했다.

"여보게, 자네한테 내가 땅을 줄 터이니 원하는 대로 가지게. 그런데 한 가지 조건이 있네."

"어떤 조건입니까?"

"해가•떠서 질 때까지 걸어갔다가 출발점으로 되돌아오면, 그 안에 있는 땅 모두를 자네한테 주겠네."

이 말을 들은 농부는 흥분했다. 평생 소원이 더 많은 땅을 갖는 것이었는데, 이제 그 소원이 이루어지게 되었으니 당연한 일이었다. 너무 흥분한 농부는 밤에 잠도 자지 못하고 밤을 꼬박 새웠다.

이튿날 새벽, 농부는 도시락을 싸들고 해가 뜨기 시작함과 동시에 길을 떠났다. 농부는 한 평이라도 더 많은 땅을 차지하기 위해 거의 뜀박질로 일관했다. 다리가 아픈 것도 잊었고, 숨이 찬 것도 생각할 겨를이 없었다. 도중에 배가 고팠지만 도시락을 꺼내 먹을 생각도 못했다. 다리가 아프고, 숨이 차고, 배가 고프다고 게으름을 피우면 그것 만큼 차지하는 땅이 줄어들기 때문이었다. 쉬는 것은 땅을 많이 차지한 다음에 쉬어도 얼마든지 편히 쉴 수 있다는 판단이었다.

농부는 한 치의 땅이라도 더 차지하기 위해 사력을 다

해 뛰고 또 뛰었다. 그리고 해가 서산에 기울어질 무렵, 농부는 그가 아침에 출발했던 지점에 기진맥진 도착하여 손을 짚고 쓰러지고 말았다. 이제 농부는 성주가 약속한 대로 많은 땅을 차지하게 되었음은 물론이다.

그런데 성주의 발밑에 손을 짚고 쓰러진 농부를 살펴보니 그는 이미 이 세상 사람이 아니었다. 너무 지쳐 버린 나머지 그만 숨을 거두고 말았던 것이다. 성주는 그 농부의 장례식을 치러 주었다. 그 농부가 죽어서 차지한 땅은 고작 반 평밖에 안 되었다.

인생이란 바로 이런 것인데, 지금 우리 주변에는 이 농부와 같은 사람이 너무 많은 것이 아닐까. 지나친 욕심은 자기 자신뿐 아니라 이웃과 사회를 병들게 할 따름이다. 세상을 호령하던 재벌 총수는 늙어 기운이 쇠잔해지고, 그의 아들들은 서로 더 많은 재산을 가지려고 다투었다. 낡은 가사 한 벌과 몽당 연필 등속을 남기고 입적한 성철 스님에게서 우리가 얻는 교훈은 그래서 더욱 값진 것이 아니겠는가.

인내와 극기

  김재찬의 장편소설 『차마 잠들 수 없는 당신에게』에 나오는 남자 주인공을 보면 딱하다 못해 한심한 생각마저 든다. 자신의 의사면허증을 빌려 주고 거기서 나오는 얼마의 돈으로 가정을 이끌어 가기는 하지만 어디서든 사람 대접을 받지 못하는 폐인 아버지, 지체가 부자연스럽고 언어장애마저 있는 의붓어머니, 역시 발육 부진의 지진아 누이동생 등, 어느 구석을 살펴보아도 정상적인 사람이 눈에 띄지 않는 집안에서 주인공은 가장 역할을 수행해야 할 책임을 떠맡고 있다.
  서울에서 따로 혼자 부유하게 살고 있는 그의 생모는, 주인공의 그와 같은 딱한 사정을 알고, 고생스럽기 짝이 없는 그 집에서 나와 자기와 함께 살 것을 제의하지만, 주인공은 자기가 떠난 뒤 아무도 돌봐 줄 사람이 없는 가족들의 절망적인 사정을 차마 외면할 수 없어 집을 떠나

지 못하다가 끝내는 불의의 교통 사고를 당해 치명적인 중상을 입고 만다.

인심이 각박하고 흉흉하기 짝이 없는 요즘 세상에 이런 착한 젊은이도 다 있구나 싶어 대견하고 흐뭇한 생각이 일면서도 다른 한편으로는 너무 조작적인 느낌이 없지는 않았다. 작가 김재찬 씨를 만났을 때 나의 그와 같은 소감을 이야기해 주었더니 그 소설은 실제로 그런 모델이 있다면서 아무리 인심이 각박하고 흉흉하다 해도 우리 주위에 그와 같은 젊은이가 어디 한둘이냐면서 의미 심장한 미소를 지어 보이는 바람에 나로선 조금 무색해질 수밖에 없었다.

이 작품은 애초에 모 문예지에 응모했던 작품으로서 당시 심사를 맡았던 문학평론가 이어령 선생님은, '제 몫이 아닌 남의 삶의 짐을 지고 비틀거리다가 끝내 그 과중한 무게에 짓눌려 압살당하고 마는 한 젊은이의 이야기를 빛나는 상징 장치에 담았다.'는 요지로 호감을 표시한 바 있다. 좀 지나친 과찬이 아닌가 싶기도 하지만 어쨌든 그 근본 의도에는 나 역시 동감이다.

돌이켜보면 지난 칠십년대와 팔십년대 전반기에 대학을 다닌 젊은이들은 누구를 막론하고 이상과 현실의 질곡 속에서 참으로 힘겨운 학창 시절을 보내지 않으면 안 되었다. 그들은 군부독재와 싸워 역사의 도도한 흐름을 바로잡는 데 결정적인 수훈을 세운 세대이며, 동시에 그 와중에서 말할 수 없는 희생이 뒤따랐던 상처받은 세대

이기도 하다.

부천서 성고문 사건의 주인공 권인숙 양만 해도 그렇다. 그녀는 연약한 여자의 몸으로 수치심과 장래에 야기될 수 있는 모든 불이익을 무릅쓰고 거대한 조직과 맞싸워 이긴 장본인이다.

공자나 석가모니나 예수도 여론이나 인습에 거역하면서 스스로의 신념대로 살아간 선각자들 아닌가. 악법도 법이라고 한 소크라테스도 그랬고, 그래도 지구는 돈다고 중얼거렸던 갈릴레이 역시 자기 희생을 바탕으로 역사의 물줄기를 바로잡으려고 나름대로 애썼던 사람들이고, 따지고 보면 역사는 그런 사람들에 의해 이끌어져 왔던 것은 아닐까.

사람은 원칙적으로 이익을 추구하는 동물이다. 부처는 끊임없는 자비를 주장했고, 예수는 원수를 사랑하라고 외쳤다. 모두 옳은 말씀이다. 그러나 그것은 어디까지나 비범한 사람들의 비범한 말씀이고, 나 같은 보통사람은 주는 것보다 받기를 좋아하고, 어쩌다 은혜를 베풀게 되면 그 베푼 은혜 이상의 것을 받고 싶어하는 쪽에 속하는 속물임을 알아차리고 내심 크게 놀라곤 한다.

모든 점에서 인간이 평등하다고 생각하는 사람들 중에서 데모크라시가 생겨난다고 주장한 아리스토텔레스의 말에 나 역시 공감하고 있다. 법 앞에서 누구나 평등해야 한다는 점도 나는 이의를 제기할 생각이 조금도 없다. 그러나 게으름뱅이가 평등이라는 원칙을 주장하면서 같은

권리를 누리고자 하는 점에 이르면 나는 그러한 평등을
원칙적으로 거부한다.

강자가 약자를 도와 줄 수도 있고, 약자가 강자의 도움
을 받을 수도 있지만, 그러나 그것은 어디까지나 그 자신
들의 문제이고, 요컨대 강자가 보다 좋은 상태에 이르고
자 하는 기회를 빼앗을 권리는 아무에게도 없다고 생각
한다. 그럼에도 불구하고 자신의 능력이나 재능이나 노
력 여하를 따져보기 이전에 자기보다 나은 사람에 대하
여 일단 부정적인 시선으로 바라보는 불신 풍조에 대하
여는, 솔직히 말해, 나는 안타까운 마음을 금할 수 없다.

남보다 좋은 집에서 맛있는 음식을 먹고 아름다운 옷으
로 치장하고 싶은 본능적인 욕구를 나무랄 사람은 아무
도 없다. 인간이라면 누구나 당연히 가져야 할 욕망이고,
그러한 욕망을 충족시키려는 피나는 노력이 역사 발전의
원동력으로 작용한 것도 사실이다.

노력에는 반드시 그에 상응하는 인내심이 필수적이다.
로마가 하루 아침에 이루어진 것이 아니듯이 어떤 일이
든 절차와 과정이 있게 마련이고, 그 절차와 과정 속에는
참을 수 없는 분노의 순간도 있게 마련이고, 뛰어넘기 어
려운 장벽이 가로막혀 있을 수도 있고, 뜻밖의 사태에 직
면하여 좌절과 절망의 나락으로 떨어져 소생 불가능한
순간도 존재하게 된다. 중요한 것은 이러한 위기의 순간
을 어떻게 극복하느냐에 따라 성공과 실패의 갈림길로
접어들게 마련인데, 그 선택의 열쇠는 두말 할 것도 없이

인내심과 직결된다.

『차마 잠들 수 없는 당신에게』를 쓴 작가 김재찬 씨는, 소아마비로 인해 걸음이 부자연스럽다. 그리고 그는 말 한마디를 내뱉는 데도 온몸을 동원한다. 글은 타자기를 사용해서 쓰는데, 그나마 사용 가능한 양쪽 검지 두 개를 이용한다. 이 사람이 글을 쓰지 않았다면 다른 무엇을 할 수 있었을까 상상하기 어렵다. 고등학교를 졸업한 이래 십년 동안 약 이만 장에 이르는 원고를 썼다고 한다. 그 동안 얼마나 초조한 나날을 보냈을까는 가히 짐작이 간 다. 스스로 천벌이라고 규정하고는 있을 망정 자기보다 형편이 좋은 사람을 증오하거나 원망하는 마음을 갖기 전에 주어진 육체적 고통에 굴복하지 않고 꿋꿋하게 일 어선 그의 용기와 인내심에 절로 머리가 숙여지는 것은 나 혼자만의 감상은 아닐 것이다. 왜냐하면 그는 작품 이 전에 벌써 그 누구도 감히 흉내낼 수 없는 인간 승리의 감동적인 드라마를 보여 주고 있기 때문이며, 우리가 흔 히 말하는 훌륭한 문학작품이라는 것도 따지고 보면 이 런 감동적이 드라마를 요구하고 있는 것이 아니겠는가.

명곡 감상

부끄러운 고백이지만 나는 〈바이엘〉 〈체르니〉가 피아노 입문 교칙본이라는 사실을 극히 최근에야 알게 되었다. 초등학교 1학년과 3학년에 다니는 두 아이를 피아노 학원에 보내기 시작하면서 귀동냥으로 얻어 듣고서야 비로소 알아차린 용어인데, 그런 엉터리가 주제넘게도 고전 음악을 즐겨 듣고 있으니 이런 어불성설이 어디 있겠는가.

다른 사람의 경우는 어떤지 모르겠지만, 나는 작곡자나 곡명, 음악해설 따위에는 거의 관심이 없다. 곡명이나 작곡자를 정도 이상으로 줄줄 외고 있는 큰아이의 가당찮은 핀잔을 심심찮게 얻어 들으면서도 쉽게 고쳐지지도 않고, 또 고칠 생각도 않고 있으니 정말 딱하다면 딱한 일인지도 모르겠다.

그렇다고 하여 곡명이나 작곡자 외기를 의식적으로 기

피하고 있느냐 하면 그런 것은 아니다. 오랫 동안 레코드 판을 이것 저것 만지작거리는 사이에 저절로 외어진 것도 상당수에 이른다. 드보르작의 〈신세계에서〉, 차이코프스키의 〈비창〉, 그리그의 〈페르귄트〉, 오펜바하의 〈천국과 지옥〉 등은 곡명과 작곡자를 혼동하지 않는 편이다. 내가 즐겨 듣는 음악이기 때문이다.

이 가운데서도 나는 〈페르귄트〉의 모음곡 〈아침〉을 특히 즐겨 듣는다. 좋지 못한 소식을 듣거나 불행한 일을 당했을 때, 반대로 몹시 반갑거나 기쁜 소식을 들었을 때, 나는 거의 예외 없이 그리그의 〈페르귄트〉를 듣는다. 그리고 원고지를 앞에 놓고도 도무지 글이 쓰여지지 않을 경우 역시 〈페르귄트〉를 들으면서 마음의 안정을 가다듬곤 한다. 때와 장소에 따라 정도의 차이는 있게 마련이지만, 그리그의 〈페르귄트〉는 무한한 상상력을 요구하는 음악이다. 어디를 둘러보아도 아득하기만 한 지평선 끝까지 펼쳐진 눈밭 위로 한없이 쏟아지는 금빛 아침 햇살, 끝을 헤아릴 수 없는 깊은 동굴 속에서 요정이 부르는 듯한 아름다운 아리아, 꽁꽁 얼어붙은 두꺼운 얼음장 밑으로 줄기차게 흐르는 강물의 조용한 속삭임, 구름과 비바람을 몰아 오는 폭풍 전야의 그 무서운 정적, 지친 나그네의 비탄과 한숨 소리, 슬픔과 분노를 삭이면서 용서와 화해를 다짐하는 연인들의 사랑스런 밀어 따위가 〈페르귄트〉 속에는 감추어져 있다.

교만과 허욕, 시기심과 탐욕, 질투심, 절망감과 패배감으로 더러워진 가슴을 씻어내고 사랑과 우정, 희망과 용기, 기대와 참회로 가득 채워 주는 듯한 환상도 〈페르귄트〉에서만 맛볼 수 있는 독특한 미감(美感)이다. 터무니없는 욕심을 버리고 분수를 지켜서 중용의 길을 걷도록 채찍질해 주는 것도 〈페르귄트〉에서 얻을 수 있는 교훈이라고 할 수 있겠는데, 도대체 무슨 근거로 그와 같은 상상력을 조작하느냐고 따지고 든다면 나 역시 할 말은 없다. 이론이나 지식에 앞서 본능적인 직감력이 우선적으로 작용할 수 있는 능력이나 소양을 갖추는 방법이 바로 음악감상의 기본 태도이자 최선이 아닐까 생각할 따름이다.

약속

약속이란 과거의 일도 현재의 일도 아닌, 나중에 어떻게 하겠다고 서로 미리 결정해 두는 장래의 일이다. 누구나 애초에는 반드시 지킬 생각으로 약속을 하는 것이 사실이지만, 예기치 못한 돌발 사고로 인해 정작 약속을 지켜야 할 그 임시에 이르러서 어쩔 수 없이 약속을 어겨야 하는 경우도 없지는 않다. 이는 약속의 주체자가 사람이고, 예측할 수 없는 장래의 일이기 때문이다.

그러나 사람과 사람이 하는 일이고, 또 예측할 수 없는 장래의 일이라고 해서 함부로 약속을 어겨도 좋다는 명분은 없다. 어떤 경우이든 약속을 어긴 이상은 도덕적으로 비난을 받아야 마땅하다. 약속을 지키지 않으면, 정도의 차이는 차지하고라도 어쨌든 어느 한쪽이 정신적으로나 물질적으로 손해를 입게 되고, 그로 인하여 큰 고통을 겪게 되는 것이 약속의 본질적인 속성이다.

그럼에도 불구하고 우리 주변에는 약속 따위를 대수롭지 않게 생각하는 사람들이 의외로 많다. 상대방에게 분명히 피해를 입히고 나서도 별다른 양심의 가책을 느끼기는커녕 약속을 지키지 못한 경위를 얼렁뚱땅 나름대로 합리화시키면서 한다는 변명이 거의 천편일률이다.

"정말 어쩔 수 없었다. 당신이 이해해 주어야겠다."

손해를 입은 쪽에서 너그럽게 이해하고 양해해 주어야 한다는 주장인데, 도저히 이해할 수 없는 일이라고 발끈 화라도 내게 될라치면, 그렇게 앞뒤 꽉 막힌 사람하고는 아예 상대할 가치조차 없다고 한술 더 떠서 억지까지 부린다.

"원 째째한 사람 같으니라구. 그래, 이해를 못하겠다면 어쩔 텐가? 당신 마음대로 한번 해 보라구."

참으로 한심하기 짝이 없는 일이다.

이승만 대통령이나 박정희 대통령은, 우리 현대 정치사에 끼친 공과(功過)는 차치하고라도 적어도 정권의 평화적인 교체에서만은 국민을 기만한 사람들이고, 그로 인하여 결국에는 두 사람 공히 비운의 주인공으로 전락하고 말았다. 그들 두 사람 중 어느 한 사람이라도 평화적인 정권 교체의 성실한 실천자가 되었더라면 지금쯤 우리 정치 풍토는 많이 달라져 있었을 것이라는 점을 아무도 의심하지 않는다.

오래 전에 있었던 일로 야당이 차지해야 할 국회부의장 선출만 해도 그랬다. 애초에 여당이 지지해 주겠다고 약속한 후보자를 제쳐놓고, 독자적으로 출마한 다른 후보자한테 표를 많이 몰아줌으로써 예정에 없던 엉뚱한 사람이 당선되는 정치 해프닝을 벌이지 않았던가. 이를 두고, 야당에서는 여당을 가리켜 정치 배신자라고 비난했고, 여당은 그들 나름대로 모든 책임을 복잡한 내부 사정이 얽히고 설킨 야당한테 전가하는 연막술을 펼쳤다. 그 원인이나 까닭이야 어쨌든 정치 도덕적으로 도저히 용납할 수 없는 한심한 작태를 시정의 잡배들처럼 기분 내키는 대로 태연하게 연출해 낼 수 있는 저런 사람들이라면 장차 또 무슨 엉뚱한 짓인들 못 저지를까, 자못 의심스럽기 짝이 없었다. 여당도 야당도 공히 비난을 받아 마땅한 일이었다.

공자의 제자 중에 증자(曾子)라는 사람이 있었다. 하루는 증자의 아내가 시장에 나가려고 집을 나서는데, 아이들이 따라가려고 보채었다.

"시장에 갔다 와서 돼지를 잡아 줄터이니, 너희들은 집에 있거라."

부인이 시장에 갔다 와 보니, 증자가 돼지를 잡으려고 모든 채비를 다 갖추어 놓고 있었다. 부인이 연유를 알고 깜짝 놀라,

"나는 농담으로 한 말입니다."

하고 말하면서 만류하려 들었다. 그러자 증자는

"아이들에게 농담을 해서는 안됩니다. 부모에게는 여러가지를 배우려고 하는 아이들에게 거짓말을 하면 그

아이들이 거짓말하는 법을 배우게 되는 것이 아니겠소.
약속은 지켜야 합니다."

하고는 기어이 돼지를 잡고야 말았다.

이런 이야기도 있다. 드 포메로르 부인이 자기 남편을
위하여 아카데미회원 선거운동을 하느라고 꼬뻬에게 가
서 이렇게 부탁했다.

"우리 남편에게 투표해 주시기 바랍니다. 이번에 낙선
하면 그분께선 자살하고 말겠다고 합니다."

꼬뻬는 약속대로 드 포메로르에게 투표를 했다. 그런데
불행하게도 드 포메로르는 낙선의 고배를 들었음에도 자
살을 하지 않았다. 어느 날 드 포메로르 부인이 꼬뻬에게
갔을 때였다.

"나는 약속을 지켰는데 부인의 남편께서는 약속을 지
키지 않았더군요. 그러니 이제 와서 변명 같은 것은 할
생각은 마시고 그만 돌아가십시오."

꼬뻬는 이렇게 말하면서 부인을 문전 박대해 버렸다.

애초에 지키지 않을 작정이거나, 실천 불가능한 일이었
다면 아예 약속을 하지 말아야 한다. 그러나 일단 약속을
한 이상은 어떠한 경우에라도 반드시 그것을 지켜야 한
다. 정치란 어차피 서로 다른 주의 주장을 타협함으로써
모양 있게 조화시키는 작업이 아니겠는가. 기왕 모양 있
는 조화를 창조해 낼 작정이라면 다른 무엇보다도 신의
를 바탕으로 해야 하고, 신의는 약속을 반드시 실천에 옮
기는 데 그 기초를 두고 있다. 적어도 위정자라면, 아니

위정자이기 때문에 특히 언행이 신중해야 함은 물론이
다. 아무리 그럴 듯한 속임수라도 결국에는 속임수임이
드러나게 되어 있다는 것이 역사의 교훈임을 우리 위정
자들은 특히 명심해야 할 줄로 믿는다. 약속의 중요성이
기필코 강조되는 까닭도 이 때문이다.

새로운 마음가짐으로

문예지를 구독해 본 사람이면 다 아는 사실이지만 여성지나 종합지에 비해 편집 체제나 내용이 매우 단순하다. 문예지마다 다 그렇다는 것은 아니지만, 문예지의 표지는 대개 화가들의 그림으로 채워진다. 목차 역시 여성지나 종합지처럼 요란스럽지 않고 점잖다.

극히 일부의 필자를 제외한다면, 문예지 필자는 신춘문예나 잡지사의 당선 및 추천의 경로를 거쳐 정식으로 문단에 데뷔한 시인, 작가, 평론가, 수필가들의 글을 장르별로 싣고 있다. 그래서 작품의 제목이나 필자 이름만 다르다 뿐이지 지난달치나 이달치 문예지가 크게 달라 보이지 않는다. 정도의 차이는 있지만 십 년 전 문예지나 지금의 문예지나 다른 것이 없다고 말하는 독자도 있다.

그러나 문예지에 종사하는 사람들의 처지는 그렇지 않다. 거의 비슷한 내용의 글을 달마다 되풀이 편집하고 있는 듯이 보이기는 하지만 어떻게든 지난 달과는 다른 모습의 잡지를 만들어 내려고 나름대로 고심하면서 업무를 수행한다. 시를 청탁하고, 소설을 받아 싣고, 또 잡지의 구색을 맞추기 위해 특집이라는 것도 꾸미게 마련인데, 다른 사람이 볼 때는 그게 그거라고 대수롭잖게 여기기 십상이겠으나, 처음부터 끝까지 거기에 매달려 온 편집자로서는 항상 남다른 흥분과 긴장 속에서 살고 있다고 말할 수 있다.

셰익스피어의 〈햄릿〉역을 삼 년 이상 꾸준히 공연해 온 영국 연극 배우의 수기를 읽은 적이 있다. 그 배우에 의하면 자기는 지난 삼 년 동안 되풀이 공연돼 오는 동안 매회마다 새로운 연극을 한다는 마음가짐으로 최선을 다했다고 고백했는데, 나는 그 대목을 읽고 나서 내심 놀라지 않을 수 없었다. 똑같은 무대, 똑같은 분위기, 똑같은 대사를 앵무새처럼 지껄여야 하는 그 한정된 세계 속에서 자신의 개성과 진실을 지키기 위해 최선을 다한 그 배우의 삶은 한마디로 숭고하다 해서 조금도 지나침이 없다고 생각한 까닭이다.

사람은 누구나 일정한 테두리 속에 갇혀 살아간다. 아침에 출근해서 집으로 돌아가면 가족들과 잠시 어울렸다가 잠을 자고 다시 그 이튿날 아침 잠이 깨어 어제와 똑같은 일을 수행한다. 기차나 자동차를 타고 원거리를 오가는 직업의 사람이나, 비행기나 배를 타고 먼 타국으로 여행하는 직업의 사람도 엄밀하게 따져 보면 한정된 범위 속에서 크게 이탈하지 못하고 있다. 하물며 직장과 가정이 그다지 멀지 않은 대부분의 직장인들은 그야말로 다람쥐 쳇바퀴 도는 식으로 하루하루를 반복하면서 살아간다. 직장에 나가서도 어제의 그 얼굴과 어울리고, 집에 돌아와서도 아침의 그 얼굴과 마주친다.

뭐 좀 신나고 색다른 일은 없을까. 직장인이면 누구나 갖는 소망이다. 그러나 그러한 소망은 한 달이 가고, 일년이 가고, 수년이 가도 채워지지 않는다. 채워지기는 커녕 오히려 달이 가고 해가 갈수록 눈에 보이지 않는 불만의 덩어리가 눈덩이처럼 자라나는 것을 자각할 따름이다. 나보다 별로 능력도 없어 보이는 동료가 웃사람의 귀여움을 받고 승급대상자로 떠오르고, 말없이 죽어라 일을 하는데도 직속 상관은 기회만 나면 사람을 들들 볶아대기만 하고, 별로 하는 일도 없이 결재 서류에다 도장이나 꾹꾹 누르는 것이 고작인데도 월급은 누구보다도 많이 받는 웃사람의 거들먹거리는 꼴도 아니꼽고, 사람은 기계가 아니라면서 말끝마다 휴머니즘을 뇌까리지만 실제에 들어가서는 기계보다 더 냉혹한 직장 생활을 요구하는 사람도 우리 주위에는 너무 많다. 먹고 사는 일만 어느 정도 해결된다면 오늘 당장이라도 직장을 때려치우고 싶다는 게 직장인의 공통된 심리이다.

성공하느냐 좌절하느냐는 오로지 자기 투쟁의 결과에 따른다. 다른 사람을 탓해서는 안 된다. 누구 때문에 내 신세가 요모양 요꼴이 되었다는 말은 비겁자의 전용어이다. 다른 사람을 원망하기 이전에 스스로는 정당했는지를 반성하고, 자기 자신을 위해 과연 최선을 다했는지 자문해 보아야 한다. 불행한 사람은 불행할 수밖에 없는 요인이 있고, 행복한 사람은 반드시 행복할 수밖에 없는 어떤 조건을 구비하고 있다는 점을 우리는 잊어서는 안된다. 처음에 웃고 나중에 울기보다는 처음에는 눈물을 흘리더라도 마지막에 웃는 사람이 되기 위해서도 끝까지 최선을 다해 놓고 하늘의 뜻에 운명을 맡기는 사람이 되어야 한다.

마지막에 웃는 자가 되기 위해서는 과연 어떻게 해야 하는가. 우선 인생을 멀리 보고 꾸준히 그러면서 힘차게 달리는 마라토너가 되어야 한다. 성급하게 뛰는 자는 결코 멀리 가지 못해 주저앉게 마련이다. 그리고 지나치게 남을 의식하지 말고 자기 페이스대로 걸어가야 한다는 것도 중요하다. 뚱한 얼굴로 항상 외톨이로 지내는 것도 문제이지만 마치 팔방 미인이나 되는 것처럼 이 사람 저 사람 닥치는 대로 사귀어 자기 시간을 갖지 못할 정도로 너무 분주한 사람도 문제는 없지 않다. 좋은 의미에서 사람은 자기만이 갖는 히든 카드 한 장씩은 마련해야 한다. 솔직하고 정직하다 해서 자신의 모든 것을 드러내 버리면 결정적인 순간에 손해를 보게 마련이다. 저 사람에게도 뭔지는 잘 모르겠지만 하여간 꿍심은 있다는 인상을 남겨 두어 손해 볼 것은 없다.

그러나 가장 중요한 것은 새로운 마음가짐을 갖는 일이

다. 잠자고 세수하고 밥 먹고 출근하여 어제 만났던 그 얼굴과 마주쳐 어제 했던 일을 다시 반복한다 해서 안이한 타성에 얽매여 기계처럼 피동적으로 일하는 사람이 되어서는 안 된다. 똑같은 어제의 일을 오늘 다시 반복한다 하더라도 마음가짐에 따라 오늘 일은 어제의 그것이 아님을 알아야 한다. 어제와는 뭔가 다른 일을 오늘 새롭게 수행하고 있다는 자각, 이것이 곧 창조의 원동력이자 자기 극복의 지름길이 아니겠는가. 매회마다 새롭게 공연했다는 영국의 그 연극배우처럼 말이다.

용기

자공이 스승 공자에게 군자도 사람을 미워하는 일이 있느냐고 질문한 적이 있다. 이에 대해 공자는 다음과 같이 대답했다.

"그거야 있고 말고. 남의 나쁜 처사를 일일이 꼬집어 헐뜯는 사람도 미워하고, 아랫자리에 있으면서 웃사람을 비방하는 사람도 미워하고, 용기는 있되 예의에 어두운 사람도 미워하고, 행동은 과감하나 칠칠치 못한 사람도 미워하네."

다 알다시피 공자는 춘추 전국 시대의 사람이다. 임금의 지배력이 허약한 틈을 타서 각 지방의 제후들이 들고 일어나 서로 세력을 다툰 시기를 춘추 전국 시대로 역사가들은 분류하고 있다. 오랫 동안 싸움이 계속되다 보니 인심은 자연 각박해지고 나라는 어지럽기 짝이 없었다. 공자는 이런 난세를 바로잡기 위해 여러 나라를 전전하면서 치국설(治國設)를 논하였는데, 그의 제자들이 나중에 그러한 공자의 여러 언행을 기록하여 남긴 책이 오늘날의 논어(論語)이다.

논어에는 또 이런 가르침이 있다. 군자에게 있어서 무엇보다 소중한 것은 의(義)인데, 그러나 군자가 용기만 알고 의를 모르면 반란을 일으킨다.

사람에게 용기가 없으면 매사가 우유부단해지고 비겁해진다. 당연히 나서야 할 자리에서 꽁무니를 뺀다든지 당연히 말해야 할 상황의 사람이 일신의 위험에 굴복하여 침묵으로 일관한다면 비난과 질책을 받아 마땅하다.

그런데 문제는 그 용기의 성질이 어떤 것이냐 하는 점이다. 씩씩하고 굳세다고 다 용기냐 하면 그렇지는 않다. 밤에 남의 담을 주저 없이 뛰어넘는 도둑놈을 보고 용기 있는 사람이라고 칭찬하는 사람은 같은 도둑놈밖에 없다. 진정한 용기는 반드시 의로움이 뒤따라야 한다. 이 의로움이 뒷받침되지 못한 용기는 마치 굴레 벗은 말과 같아서 마구 날뛰며 난동, 폭행, 강도짓을 예사로 자행하는 무서운 결과를 불러들이고 만다. 이것은 엄밀한 의미에서 용기가 아니라 용기를 빙자한 만용일 따름이다.

유신과 5공 시대에는 집권자가 국민의 다양한 의견과 요구를 무시하고 지배한 권위주의가 도처에서 준동했다. 그래서 권위를 무너뜨리기 위해 저항하다가 많은 사람들이 뼈아픈 희생을 치러야 했다. 혹은 스스로 목숨을 잃은 사람도 있고, 혹은 사랑하는 가족을 잃은 사람도 있고,

혹은 직장을 잃은 사람도 있고, 혹은 불구가 된 사람도 있다. 그들 모두는 개인의 안녕과 영달을 도모하기 이전에 다른 사람들의 안녕과 영달을 먼저 염두에 두었던 참으로 용기 있는 사람들이었고, 그래서 많은 사람들이 지금도 그들의 숭고한 희생 정신을 값지게 여기면서 교훈으로 삼고 있는 것이다. 세조의 권력 찬탈에 항거하다 목숨을 잃은 사육신이나, 일제 때 잃어버린 나라의 독립을 위해 목숨을 잃은 수많은 우국 지사들의 용기 있는 삶을 우러러 받드는 것도 그러한 맥락과 궤를 같이한다.

오랫 동안 막혀 있던 봇물이 터지듯이 그동안 침묵을 강요당했던 많은 사람들이 지금 도처에서 각양 각색의 목소리를 토해내고 있다. 학생은 학생들대로, 근로자는 근로자들대로, 정치인은 정치인들대로 있는 힘을 다해 목청 높여 소리 지르다 못해 여기저기서 집단 폭력도 서슴지 않고 있는 실정이다. 이해 당사자가 아닌 이상 누구도 명쾌하게 옳고 그름을 판단하기는 어려운 국면이지만, 문제는 이런 식으로 계속 삐걱거리다가 자칫 대세를 그릇치는 과오를 범하는 게 아닌가 하는 우려를 금할 수 없다는 점이다.

4·19 직후 연일 일어난 데모의 혼란을 틈타 5·16 쿠데타가 일어났고, 80년 봄에는 기성 정치인들이 헤게모니 쟁탈전을 기도하는 사이에 5공 세력이 정권을 탈취해 버렸다. 물론 그러한 불법 세력들이 궁극적으로는 국민의 준엄한 심판을 받게 마련이라는 것은 냉엄한 역사가

증명해 주고 있다고는 하지만 그렇다 하더라도 그 이전에 또 다시 수많은 사람들이 치러야 하는 값비싼 희생과 과정은 이제 어느 누구도 반복하고 싶지 않을 뿐더러 그래서도 안 된다.

티끌 모아 태산을 쌓고, 천 리 길도 한 걸음부터다. 우물가에서 숭늉을 찾거나, 바쁘다 하여 바늘 허리에 실을 매어 사용할 수는 없지 않은가. 한꺼번에 너무 많은 것을 요구하는 성급함을 자제하는 인내심이야말로 목표를 향해 전진하는 가장 정확한 걸음걸이인 지도 모른다. 두부모 자르듯이 단칼에 잘라 보려는 조급함이 항상 무리를 불러일으킨다. 오늘 부족한 것은 내일 채우고, 내일 모자라는 것은 모레 보충한다는 유유한 흐름을 거역해서는 안 된다. 다른 사람은 펄펄 날아가는 판국인데 어느 세월에 기어가겠느냐고 통탄할 것도 없다. 군자는 대로행이요, 정도가 아닌 길은 가지 말라고 했다.

사람은 누구나 위대한 행동을 수행할 자질과 능력을 가지고 있지만, 위대한 행동을 수행하기 이전에 먼저 갖추어야 할 조건이 있다. 그것은 바로 위대한 감정을 지녀야 한다는 점이다. 아집에 사로잡혀 방자하고 오만 불손한 태도를 취하면서도 겉으로는 도리를 지키고 예의를 다하면서 의로운 마음가짐으로 어려운 결단을 내린 것처럼 교묘하게 위장하는 소인배들이 우리 주위에는 의외로 많다. 우리가 지금 가장 경계해야 할 대상은 바로 그런 부류이다. 자기 주장을 일방적 진리로 기정 사실화시켜 놓

고 상대에게 동의를 강요하는 식의 태도야말로 사회 질
서를 파괴하는 비민주적인 태도라는 점은 우리 모두가
다 알고 있는 평범한 진리인데 가끔 잊고 지낼 따름이다.
북한에 대해서나, 남북 통일에 대한 정책 입안자들은 특
히 명심해야 할 사항이다.

열등감에 대하여

"주간지, 여성지를 죄 뒤져 보았는데 아무개라는 작가의 이름은 눈 씻고도 찾아보지 못했다. 당신 혹시 가짜 작가 아니예요?"

드라마에 나오는 여주인공이 어느 작가를 실업자로 매도하는 장면에서 나온 말인데, 나는 이 대목을 보면서 비시시 웃어 버리기는 했지만 속으로는 가슴이 뜨끔했던 것이 사실이다.

나는 출판사, 잡지사에서 약 15년간 직장 생활을 한 샐러리맨이었지만 지금은 집에 들어앉아 순전히 창작 생활로 일과를 보내고 있다. 언필칭 전업 작가이기는 하지만 이름이 널리 알려진 형편이 아닌지라 글판 아닌 동네에서 저 사람이 작가 아무개라고 먼저 알아보아 주는 고마운 독자를 만난 적이 거의 없다.

집에 들어앉아 글만 쓰는 전업 작가라고 해서 아침부터 저녁까지 내내 글만 쓰느냐 하면 그런 것은 아니다. 생활 여건이나 개인적인 성향에 따라 새벽이나 밤늦게까지 글을 쓰고 낮에 잠을 자는, 밤낮이 뒤바뀐 생활을 하는 작가도 없지 않은 모양이지만, 내 경우는 오랜 직장 생활이 몸에 밴 탓인지는 모르겠으나, 대체로 아침 9시부터 오후 1시까지 글을 쓴다. 다른 특별한 볼일이 생겨 이 시간대를 놓치게 되면 그 날은 완전히 망쳐 버린 하루가 되고 만다. 내가 가능하다면 오전중에는 외출을 삼가는 까닭도 거기에 있다.

오후 1시 이후에 점심을 먹고 나면 주로 다른 사람의 작품을 읽거나 참고 서적을 뒤적거리기도 하고, 강의 준비로 소일하는데, 이런저런 사정으로 밖에 나가 사람을 만나는 경우가 일 주일 치고 절반은 된다. 밤에는 오전에 그랬던 것처럼 9시부터 자정까지 주로 글을 쓰기는 하지만 집중력을 갖고 일에 매달리지 못해 대단히 비능률적이다. 사정이 이렇고 보니 하루 중 오전에만 주로 글을 쓰고 나머지는 거의 빈둥거리다시피 한다.

작가라고 해서 책상 앞에 붙어 앉기만 하면 저절로 글이 쓰여지는 것은 아니다. 작가들이 고통을 호소할 때 흔히 '피를 말리고 뼈를 깎는다' 라는 말을 하는데, 이게 실은 거짓말이 아니다. 밤을 새워 쓴 글이 마음에 들지 않으면 휴지로 날아가는 것이 태반이고, 다음날 아침에는 반드시 넘겨 주어야 할 원고를 앞에 두고 단 한 줄의 글도 쓰여지지 않을 때의 참담한 절망감이란 겪어 보지 않은 사람은 아마 상상하기 어려운 고통이다. 이런 때는 다 팽개치고 당장 글 쓰기를 그만두고 싶다는 절망감에 사로잡히게 마련인데, 그런 마음의 근저에 도사리고 있는 가장 무서운 적은 바로 자신의 작가적 재능이나 역량을 의심하는 열등감이다.

나는 과연 어느 정도의 재능을 갖춘 작가인가. 이처럼 뼈아픈 고통 속에서 어거지로 쓰여진 글이 과연 어떤 가치를 지니는가를 생각해 나가노라면 이름 앞에 작가라는 접두사를 덧붙이는 것이 참으로 염치 없고, 글 쓰는 행위에 무서움을 느낀다. 내 글을 읽고 실망감을 감추지 못할 미지의 독자는 물론이지만, 진실로 글쓰기를 천명(天命)으로 알고 좋은 글을 쓰기 위해 피를 말리고 뼈를 깎는 동료 작가들에게 알게 모르게 해악을 끼치고 있는 것이 아닌가 싶어서 말이다.

이런 극심한 좌절감이나 열등감에 사로잡힐 때마다 나는 스스로를 극복해 나가는 방법의 하나로 온갖 고통 속에서도 좌절하지 않고 불굴의 신념으로 자신의 예술 세계를 줄기차게 지향해 나간 예술가들의 전기를 즐겨 읽는다.

화가 르노아르는 만년에 심한 관절염으로 두 손이 불구가 되었다. 손을 사용해야 그림을 그릴 수 있는 화가로서는 치명적인 병이었다. 그래도 그는 좌절하지 않고 열심

히 그렸는데, 이를 안타깝게 여긴 친구 마티스가 그림 그
리기를 그만두고 여생을 편안하게 보낼 것을 충고했다.

"내가 보기에 자넨 그릴 만큼 그렸네. 이제 더 이상 그
리지 않는다 하더라도 지금까지 그린 그림만으로도 자네
는 후세에 길이 남을 화가로 기록될 것이야."

그러나 르노아르의 대답은 전혀 달랐다.

"물론 나는 그림 그리기가 여간 고통스러운 것이 아니
야. 하지만 그 고통은 잠시뿐이고 그림 속에 낙이 있지
않은가."

그는 끝까지 붓 놓기를 거부했다.

음악의 천재 베토벤도 마찬가지다. 나이 스물을 넘기면
서 청각에 이상이 발생한 그는 서른네 살의 나이에 그만
귀머거리가 되고 말았다. 음악가에게 있어 청각 장애는
일종의 사형 선고가 아닐까. 베토벤은 자살할 결심으로
두 동생에게 유서를 남긴다. 그러나 마지막 순간에 마음
을 돌려 먹고 피나는 노력 끝에 그 유명한 교향곡 〈영웅〉
을 작곡한다.

오랫 동안 인간 두뇌학을 연구해 온 맥스웰 말츠 박사
를 비롯한 심리학자들의 주장에 따르면 사람은 열 사람
중 아홉 사람은 열등감을 느낀다고 한다. 세계 헤비급 타
이틀을 세 번이나 차지한 바 있는 복서 무하마드 알리도
심한 열등감과 불안감을 떨쳐내는 방법으로 일부러 떠버
리 노릇을 자행했다고 고백한 바가 있다. 천하 무적으로
알려진 복서에게 열등감과 불안감이라니, 도저히 믿기지

않는 말이지만 그것이 사실이다. 이렇듯 사람은 누구나 자신의 한계와 능력의 불안에서 항상 열등감이란 괴물과 싸우지 않으면 안되는 숙명을 타고난다. 성공하는 사람은 바로 이 열등감을 용감하게 딛고 일어선 사람이 아닐까.

새해 아침에

　대부분의 사람들은 새해를 맞이하면서 몸과 마음을 가
다듬고 그 해의 설계도를 마련한다. 어떤 사람은 돈을 좀
벌어 보고 싶어하고, 또 어떤 사람은 건강에 보다 적극적
으로 유념하려는 의지를 표명하고, 또 어떤 사람은 직장
에서 새로운 관계 정립을 희망한다.

　담배를 끊는다거나 금주를 한다거나, 또 오랫동안 미루
어 왔던 여행을 한다거나 게을리했던 독서 계획표를 짜
서 실천에 옮겨 본다거나 등산이나 낚시 등 취미 생활에
서부터 자동차를 산다거나 집을 옮겨 본다거나 하는 것
도 물론 새해 아침에 다짐해 보는 그럴 듯한 설계도로서
손색이 없다.

　집을 짓기 위해서는 반드시 설계도가 필요하다. 어느
곳에다 어떤 모양의 집을 무슨 목재와 재료를 써서 어떻
게 작업을 추진해 나가겠다는 설계도 없이 집을 짓는 법

은 없다. 만에 하나라도 그때 그때의 형편에 따라 적당히 집을 지어 보겠다는 목수가 있다면 그 결과가 어떻게 되겠는가. 어떻게든 집이라는 형태를 갖춘 그것을 마련할 수 있을는지는 모르겠지만, 그동안에 들인 노력이나 비용에 비해서는 전혀 터무니없는 엉터리 집을 지은 결과를 낳고야 말 것은 자명하다.

사람이란 살고 싶다는 소망대로 살아지는 것도 아니고, 또 사람에 따라서는 아무리 좋은 설계도를 그려 가지고 새 출발을 해보지만, 그 때마다 뜻하지 않은 악운에 부딪혀서 실패의 질곡에 휘말려 버리는 예를 종종 보아 오는 현실이기는 하지만, 그렇다 하더라도 명백한 목표를 가지고 살아가는 사람과 그날 그날을 아무렇게나 살아가려는 사람과는 궁극적으로 큰 차이가 난다는 사실에는 아무도 이의를 제기하지 않는다.

목표나 계획은 가능한 한 높고 크게 가지라고 권고하는 사람이 많다. 하지만 주어진 능력이나 자질에 상관 없이 무조건 무리한 목표나 계획을 세워놓으면 실패하기 쉽다. 입사한 지 얼마 안되는 직장인이 과장이나 부장 승진을 목표로 세워놓고 열심히 운동을 하고 다녔다고 가정해 보자. 동료나 윗사람의 비웃음과 미움을 받아 오히려 주어진 자리 보전마저 위태롭게 된다. 능력이나 방법에 상관 없이 엄청난 판매액을 책정한 세일즈맨 역시 실패할 확률은 높다.

반대로 자신감의 결여도 일을 그르치는 원흉의 하나가

된다. 반드시 성취하고야 말겠다는 강력한 욕구를 갖지 못하면 절로 마음이 약해지고, 마음이 약해지면 자연 게으름을 동반한 핑계와 변명에 야합하기 십상인 것이다.

나는 이제 오십대 중반으로 접어들었다. 달콤한 성공의 열매보다는 쓰디쓴 실패의 열매를 훨씬 더 많이 맛본 사람들 중의 한 사람이다. 지금 와서 돌이켜보면, 그동안 내가 경험했던 쓰디쓴 실패의 열매들은 애초부터 터무니없이 세운 높은 목표나 계획에 있었다기보다 사실은 출발 직전부터 은연중에 품은 자신감의 결여에 그 까닭이 있었지 않았나 하는 점이 더 많다.

이거 이러다 혹시 실패하는 게 아닐까.

바로 이런 불안감이 사실은 많은 사람들을 실패의 구렁텅이로 몰아넣는 사탄의 뿌리가 되고 있다는 점을 새해 아침에 새삼 되새겨 본다.

마지막 달력 앞에서

지난 가을은 유난히 짧았던 것 같다. 아파트 단지 안에서 노랗게 물든 은행잎을 보고 아, 벌써 가을인가 보다 느끼려는 찰나, 어느날 아침 갑자기 찬 바람이 일면서 그 곱디고운 은행잎은 비 맞은 벚꽃처럼 일시에 사라지고 말았다.

아파트 베란다 유리창을 통해 앙상하게 뻗은 그 은행나무 가지를 내다보면서 새삼 세월의 무상함을 실감한다. 새해를 맞이하면서 가슴 깊숙한 곳에 다지고 또 다져 심었던 갖가지 꿈과 맹세들은 모두 어디다 팽개치고, 어느덧 다시 저물어 가는 이 해의 마지막 달력 앞에서 부끄럽게 서성거리는 자신을 발견한다.

누구나 다 마찬가지겠지만 나에게도 세월이 빨리 흘러 무엇도 되고, 무엇도 하고 싶어 안달이 나서 못견디던 빛나던 젊은 시절이 있었다. 다정하게 팔짱을 끼고 떨어진 낙엽을 밟으며 사랑의 밀어를 속삭이는 연인들을 바라볼 때면 나도 어서 어른이 되어 저들처럼 아름답고 예쁜 애인을 만나 어딘가 멀리 여행을 떠나리라 꿈꾸던 사춘기도 물론 겪었고, 사회적으로 어느 정도 성공한 선배가 오랜만에 교정에 나타나 뽐내고 다니는 모습을 목격할 때면 타오르는 동경심과 질투심으로 가슴의 피가 후끈 더워지곤 하던 청소년 시절도 없지 않았다.

그러던 내가 지금은 인생의 어느 뒤안길에서 무엇을 하며 어떤 모습으로 무거운 발걸음을 옮겨 딛고 있는가. 눈 깜짝할 사이에 맞아 버린 사십대 중반이라는 적지 않은 나이가 우선 가슴을 한도 끝도 없이 무겁게 한다. 그동안 어디서 무엇을 하다가 벌써 이 나이가 되었단 말인가. 아직은 아무것도 이루어 놓은 것이 없는데 살아온 날보다도 더 짧아져 버린 살아갈 날의 인생 여정에 문득 주체할 수 없는 막막함을 느끼는 자신이 슬퍼지고 무섭다.

모두 잠든 깊은 밤에 한 잔의 커피를 끓여 들고, 유리창을 스쳐가는 바람 소리에 귀를 기울여 본다. 미래에 대해 가슴 벅차기만 했던 빛나는 젊은 시절은 모두 어디 가고, 자랑스런 성공담보다 수치스런 실패담이 많은 지난날이 아쉽고 부끄럽기 짝이 없다.

아침에 잠자리에서 일어나 세수를 하고 거울을 들여다볼 때마다 저것이 내 얼굴인가 의아스러울 때가 너무 많다. 나날이 숱이 적어지는 정수리, 그나마 희끗희끗한 반백, 술이라도 마시고 난 이튿날 아침이면 영락없이 부석

부석 부어오른 눈두덩이가 나를 슬프게 한다. 일요일 같
은 때 낮잠이나 즐기면서 편안히 휴식을 취하고 싶다는
소박한 욕망을 무시하고 이런저런 이유와 명분을 붙여
사람을 귀찮고 짜증나게 하는 아내나 아이들에게 남편답
지 못하고 아버지답지 못한 태도로 신경질을 부리고 나
면, 그게 또 가슴에 못이 되어 비애를 불러일으키는 자신
에 대하여 환멸을 느낀다. 가능하다면 남한테 듣기 싫은
소리 삼가고, 가능하다면 남한테 욕먹지 않는 범위 내에
서 요령껏 처신하고, 가능하다면 일을 떠벌려 무거운 짐
을 자청해서 떠맡기 전에 눈치 보아 적당히 빠져 버리는
얄팍한 처세술에 물들어 버린 자신의 무기력을 증오하는
것도 우리 사십대가 느끼는 비애 중의 하나는 아닌지 의
심스럽다.

　그러나 생각을 조금만 돌이켜보면 사십대야말로 자기
를 위해서나 가족을 위해서나, 또 우리 사회를 위해서 한
창 힘차게 일할 중요한 인생의 서막이 아닌가 싶다. 철부
지 어린 시절을 보내고 나서 맞이하는 십대, 이십대는 장
차 맞이하는 인생을 보람 있게 살기 위한 교육 기간이고,
삼십대는 이십대에 가졌던 꿈과 이상을 현실에 접합시키
는 사회 적응기이고, 사십대부터는 지금까지의 배움과
경험을 근간으로 노련하게 실천해 나가는 인생의 황금기
가 아닌가 생각해 본다.

　이러한 황금기를 무기력하게 보내서는 안된다. 그것은
여자나 남자나 마찬가지다. 지금까지도 이루지 못했던

꿈을 이제 와서 새삼 무엇을 하랴 한탄하면서 무기력하게 주저앉아 버릴 수는 없는 일이다. 인생이란 무엇을 성취해 내기 위해 부단히 투쟁하는 삶의 연속이기는 하지만, 무엇을 성취한다는 그 자체보다 성취하기 위해 노력하는 그 과정을 더욱 중요시한다는 명제에 나는 전적으로 동의하는 편이다.

고희를 맞이한 노인이 고입을 거쳐 대입수능시험을 치른 뒤 당당히 대학에 진학했다는 보도의 기사를 읽은 적이 있다. 남아 돌아가는 시간을 주체할 수 없어 시간 때우기나 심심풀이로 공부를 한 것이 아니라 단 일 분을 아까와하면서 학문에 매진하고 있다는 이야기에 내심 놀라지 않을 수 없었다.

고희를 맞은 그 분이 대성하리라는 기대를 나는 갖고 있지 않으며, 그 역시도 그런 거창한 꿈을 갖고 있는 것은 아니라고 믿는다. 문제는 뒤늦게나마 배우기 위해 노력한다는 그 진지한 자세에 있다. 힘이나 돈이 위세를 부리는 세상이라고는 하지만 힘이나 돈 그 자체가 인생의 목적이 아닐진대 인생의 마지막 순간까지 배운다는 자세, 그 이상 가는 아름다운 가치는 없다고 생각한다.

머지 않아 떼어 버릴 마지막 달력 앞에서 느끼는 초조함과 막막한 심정은 과연 무엇을 의미하는 것일까. 이루지 못한 꿈에 대한 안타까움이나, 어제 오늘을 안일하게 보낸 자신의 게으름을 반성하면서 이제 또 다시 맞이해야 하는 내일만은 그런 전철 속에 함께 묶는 어리석음을 범하지 않겠다는 강한 의미인지도 모르겠다.

마음먹기에 따라 삶의 방식은 얼마든지 달라진다고 한다. 무엇을 위해 어떻게 달라질 것인가는 각자 그 나름의 목적과 방법에 따르는 문제이겠지만, 하여간 해가 바뀔 때마다 사람은 한번씩 거듭나기를 시도해 보는 것도 현명한 처세가 아닐까 싶다. 사람은 어차피 누구나 새로와지고 싶은 욕망의 동물 아니겠는가.

감주

　나는 중학교에 입학하면서 부모님 슬하를 떠나 하숙 생활을 했다. 고등학교 시절도 그랬고, 서울에서 대학을 다닐 때도 물론 하숙 생활을 했다. 그리고 군대에 갔다 와서 결혼하기까지의 5, 6년을 또 다시 하숙 생활로 일관했다.

　집을 떠나 혼자 객지 생활을 하다 보니 자연 음식을 가려 먹을 계제가 아니었다. 하숙집 주인측에서 마련하는 음식이면 그것이 좋든 나쁘든 군소리 없이 먹어야만 했다. 10여 년 이상 하숙 생활을 하면서 하숙집도 여러 차례 옮겨 다녔지만, 하숙생인 나한테 무엇이 먹고 싶으냐고 물어 보아 주는 자상한 사람을 만나본 적이 거의 없었고, 나 또한 무엇이 먹고 싶다는 의향이나 주장을 한번도 비쳐본 적이 없었다.

　주어지는 음식이면 무엇이든지 군소리 없이 먹어야 한

다. 이런 타성이 몸에 배어 버린 탓일까. 지금도 나는 음
식에 관한 한 투정질이나 타박하는 버릇은 없다고 생각
한다. 그렇다고 특별히 좋아하는 음식이 없느냐 하면 그
런 것은 아니다.

　나는 대체로 약간 단 음식을 좋아한다. 시거나 짜거나
맵기 마련인 김치 같은 반찬이 단 음식으로 변할 수 없는
것을 무척 원망할 만큼 단 것이라면 거의 맹목적이다시
피 좋아한다. 내가 즐겨 먹는 매운탕이나 아구찜류도 단
순히 맵기만 할 것이 아니라 약간 달착지근한 맛이 나야
내 식성에 맞아 떨어지는 편인데, 그런 미감은 아마 어린
시절에 즐겨 먹은 감주탓이 아닌가 싶다.

　내가 초등학교에 입학하여 졸업하기까지 6년 동안을
우리 가족은 고향에서 피난생활을 했다. 군청 소재지인
읍내에서 시오 리 정도 들어가야 하는 벽촌이었다. 외지
(外地)에 나가 살다가 단순히 피난을 하기 위해 찾아든
고향이라 생활이 자연 어려웠던 것은 물론이다.

　그 어려운 와중에서도 우리 집에는 거의 떨어지는 법이
없는 음식이 있었으니, 그것이 감주다. 한자로는 '甘酒'
라고 표기하는데, 그냥 단술이라고도 하지만 일반적으로
는 식혜라고 한다. 그러나 내 고향 봉화에서는 그것을 단
술이라거나 식혜라고 말하지 않고 그냥 감주로 통용이
되는데, 그 지방의 감주는 요즘 서울 음식점에서 흔히 내
놓는 식혜하고는 질적으로 다르다.

　흰밥에 엿기름가루 우린 물을 부어서 삭인 음식을 흔히

식혜라고 하는 모양인데, 그러나 어머니가 만든 감주는 그와 조금 다르다. 흰밥에 엿기름가루 우린 물만 들어가는 것이 아니라 조밥도 아울러 들어간다. 그리고 요즘 음식점에서 내놓는 식혜를 보면 흰밥알이 하나 둘 셀 수 있을 정도로 동동 뜨거나 엿기름가루 우린 물이 맑은데, 어머니가 만드는 감주는 그렇지 않다. 흰밥과 조밥이 어우러져 뻑뻑하게 가라앉아 있을 뿐 아니라 엿기름 우린 물만 해도 그릇바닥이 들여다보이지 않을 정도로 탁하다. 그래서 그것을 한 대접쯤 마시고 나면 대번에 배가 불룩해지게 마련이었다.

감주는 오래 갈무리할 수 있는 음식이 아니다. 여름철의 감주는 3일을 넘기기 어렵다. 쉬어 버리기 때문이다. 그리고 여름철 감주는 맛도 덜하다. 감주의 참맛은 역시 겨울철이다. 감주는 데워서 먹기보다 찬 것을 먹어야 하는 데 그 묘미가 있다.

어머니는 감주를 만들어 큰 항아리에다 갈무리하였다. 겨울밤은 예나 지금이나 길다. 밤이 이슥해지면 시장기가 느껴지게 마련이고, 시장기가 느껴지면 자연·군것질이 그리워지지 않는가.

그러면 어머니는 부엌으로 나가 양푼에다 감주를 퍼 와서 대접에다 옮겨 담아 식구들에게 일일이 나누어·준다. 겨울이라 살짝 언 얼음 조각도 떠 있게 마련인데, 숟가락으로 저으면 잠깐 사이에 얼음 조각은 사라지고 대신 흰밥과 조밥이 떠오른다.

대접을 들어 훌훌 마시면 가슴의 뼈마디가 시릴 정도로
시원해진다. 요즘의 청량 음료나 쥬스류에 비할 바가 아
니다. 감주와 더불어 길고 긴 겨울밤을 보냈던 그 어린
시절을 돌이켜보면 마치 한 자락의 동화 같이 느껴진다.

우리 마을 우리 동네

　내가 사는 집이 있는 곳을 흔히 '마을'이나 '동네'라고
표기하고, 그 마을이나 동네는 반드시 몇 가지 조건을 갖
추고 있다. 우선 산을 등지고 있다. 높거나 바위투성이의
악산이 아니라 대개는 나지막한 산이다. 그 산에 밤나무
나 감나무가 있어서 가을에는 탐스런 알밤이 벌어지고,
먹음직스런 홍시가 익어 간다. 또 크지도 작지도 않은 개
울이 있다. 개울은 대개 마을 중심을 가로질러 흐르거나
동네 앞을 유유히 흐른다.
　밭이나 논은 마을이나 동네에서 조금 떨어진 들에 있게
마련이지만, 마을에도 조금씩은 붙어 있다. 마을이나 동
네가 또 갖추어야 것들 중에서 가장 중요한 것은 초가집
이다. 여름에는 달덩이 같은 박이 기어오르고, 가을에는
빨간 고추가 올라 앉는 그런 초가집 말이다.
　갖출 것 다 갖추었다 해서 마을이나 동네가 되는 것은 아

니다. 거기에 사람이 살고 있어야 한다. 사람 중에서도 반드시 수염이나 머리카락이 허연 할아버지와 할머니가 계셔야 하고, 땀 흘리며 열심히 일을 하는 젊은이들이 있고, 더러는 아랫도리를 벌거벗은 개구쟁이들이 뛰어놀아야 한다. 그래야 마을이나 동네라는 말이 제격으로 어울린다.

내가 어린 시절을 보낸 우리 고향 마을의 풍경이 그러했다. 산이 있고, 개울이 있고, 논밭이 있고, 초가집이 있고, 그리고 할아버지, 할머니와 믿음직한 청년들과 어린 개구쟁이들이 뛰어놀았다. 그야말로 사람다운 사람들이 고루고루 어우러져 서로 인정을 베풀면서 평화롭게 살던 우리 마을을 나는 도저히 잊지 못한다.

지금 나는 아파트에서 살고 있다. 그래서 마을이나 동네라는 말을 사용할 수가 없다. 사람들 중에는 더러 아파트촌에 살면서 '우리 마을' '우리 동네' 어쩌고 저쩌고 하는 모양인데 그건 억지로 갖다 붙인 이름에 불과할 뿐 영 어울리지 않는다. 산과 개울과 들과 초가집을 못 갖추어서가 아니라, 그곳에 살고 있는 사람들의 인심이 특히 그렇다.

아파트에는 '우리'가 없고 모두 '나'만 아는 사람들이 살고 있다. 어쩌다 눈이 마주치면 공연히 잡아먹을 듯이 노려보고 흘겨보는 사람들이 아니라, 나보다는 우리를 먼저 앞세우는, 작은 것이라도 나누고 베푸는 아량을 가진 그런 인정스런 우리 마을 우리 동네에서 한판 멋거리지게 살고 싶다. 우리 마을이 그런 동네였으면 좋겠다.

거짓말

서점가에 나가 보면 여러 종류의 자서전이 나와 있다. 그 중에는 기업인이 펴낸 자서전도 상당수에 이른다. 사회적으로 성공한 분들의 체험담이고 보면 그 속에 담겨진 내용에 흥미와 기대가 남다를 것은 말할 나위도 없다.

그러나 지금 시중에 나와 있는 여러 자서전을 읽고 느낀 소감은 한마디로 소망스럽지 못하다는 평가가 솔직한 고백이다.

다 아는 이야기지만 지난 50년간의 우리 현대사는 정치적 격변의 연속으로 얼룩져 왔다. 해방과 동란과 군사독재 등, 어느 시대를 막론하고 격변이 아닌 시절이 없었다. 지금 자선전을 세상에 내놓은, 사회적으로 어느 정도 성공한 기업인은 누구를 막론하고 이러한 정치적 격변과 무관하다고 강변할 사람은 거의 없다 해도 과언이 아니다. 그렇다면 그런 고비 때마다 겪지 않으면 안되었던 드

라마틱한 인간적인 곡예는 특히 남다른 것이 아니었겠는
가.

그러나 어느 누구의 자서전을 보아도 그런 점에 대해서
는 언급을 회피하고 있어 아쉽기 짝이 없다.

훌륭한 자서전은 역사성만이 아니라 예술성과 문학성
을 고루 겸비하고 있다. 루소의 〈참회록〉이나 처칠의 〈회
고록〉이 오늘날에도 널리 읽히는 까닭도 거기에 있다.

기왕 마음 먹고 펴내는 자서전이라면 그 기업인이 이룩
해낸 눈부신 실적이나 거룩한 성공담보다는 차라리 한숨
과 눈물과 인간적인 고뇌가 어우러진 실패담은 물론이
고, 더 나아가 차마 드러내기 난감하고 어렵고 수치스런
기업의 이면사까지도 솔직하고 과감하게 고백함으로써
후세 사람들에게 귀감이 되는 그런 자서전이 되어야 하
지 않겠는가.

선거를 겨냥하여 펴낸 책들이 벌써부터 신문지상을 어
지럽히고 있다. 기업인이 아닌 그들 정치인의 자서전은
기대해도 괜찮은 내용들인지 모르겠다. 모르긴 하지만
크게 기대를 갖지 않는 것이 좋을 듯하다. 왜냐하면 정치
인은 하나같이 믿고 싶지 않은 거짓말쟁이니까.

직장과 가정

나와 고향이 같은 사람으로 이웃 아파트에 살고 있는 친구가 있다. 이름을 대면 누구나 알 만한 기업체의 중견 간부로 재직했고, 멀지 않아 중역으로 승진할 것이란 말이 본인 입으로도 심심찮게 떠올려지던 재작년 가을에 그 친구는 갑자기 사직서를 내고 말았다. 까닭은 계속되어 온 부인과의 불화 탓이었다.

학교에 다닐 때부터 약간 고지식하다는 소리를 들을 정도로 오로지 공부에만 매달려 있던 친구는, 시험을 쳐서 들어간 그 회사에서 조만간 두각을 나타내기 시작했고, 나무랄 데 없는 양가집 규수를 아내로 맞이했고, 부부가 워낙 부지런하고 알뜰한 덕분에 남 먼저 아파트를 사고 자가용을 굴리기 시작했다. 적어도 겉으로 보기에는 남부러울 것이 없는 친구였다.

그 친구는 아침 7시에 집을 나가면 밤 12시가 임박해서야 겨우 집에 돌아왔다. 토요일도 마찬가지였고, 때로는 일요일이나 공휴일에도 출근하는 경우가 많았다. 물론 회사 일 때문이었다. 평사원 시절에는 높은 사람의 명에 따를 수밖에 없어 야근을 밥 먹듯이 한다더니만, 그 자신이 과장으로 부장으로 승진하고 나서는 책임감때문에 더욱 일을 열심히 할 수 밖에 없었다고 변명했다. 그의 부인 역시도 그러한 남편을 이해하고 내조를 아끼지 않는 듯했다.

문제가 발생한 것은 기업 환경이 점차 어려워지면서였다. 전에는 그나마 밤 12시 이전에는 귀가하기 마련이던 그 친구의 귀가 시간이 걸핏하면 새벽 2, 3시이기가 예사였던 것이다. 잠시 눈을 붙였다가 또 다시 이른 아침에 출근하고, 또 어제처럼 늦게 귀가하기를 3년이나 계속하였는데 그동안 잘 참아 오던 부인이 드디어 반기를 들고 일어났다.

남자한테는 직장이 전부일는지 모르겠지만 여자는 그렇지 않다. 이런 식으로 재미없이 살 바에는 차라리 헤어지는 것이 낫다. 부인은 이렇게 주장하고 나섰고, 내가 이처럼 죽자 살자 고생하는 것은 나 혼자 잘 먹고 잘 살자는 것이 아니라 다 당신과 아이들을 위해서가 아니겠느냐는 친구의 반격이 마찰과 충돌을 거듭하던 중, 그의 부인이 정신 이상을 일으켜 병원에 입원하는 사태로 발전하고야 말았던 것이다.

정도의 차이는 있다 하겠지만, 그 친구의 생활 이면을 살펴보면 요즘 우리 나라 샐러리맨의 전형이 아닌가 싶다. 평사원은 평사원대로, 중견 간부는 중견 간부대로 모두가 정신 없이 바쁘게 돌아가고 있다. 불경기가 계속될 때는 혹시 구조 조정 대상이 되지 않을까 하고 전전 긍긍 헤매다가 경기가 호경기로 접어들어서면 또 언제 곤두박질치고 말는지 모른다는 불안감으로 하여 모처럼 찾아든 기회를 최대한으로 활용할 작정으로 또 다시 일과 일 속에 자신의 전부를 투척해 버린다.

낚시를 한다든가, 등산을 한다든가, 또 다른 여가 선용에는 눈 돌릴 겨를이 없다. 취미 생활은커녕 마누라가 머리를 잘랐는지 새 옷을 장만했는지, 아이들이 피아노 학원에 나가는지 미술학원에 나가는지 도무지 알지 못하는 샐러리맨이 너무 많다. 일 주일 내내 일만 했으니까 일요일만은 아무 하는 일 없이 집에 들어앉아 모처럼 실컷 낮잠이나 자고 싶을 정도로 지쳐 버린 것도 당연하다. 야외에 놀러 나가자고 조르는 마누라나 아이들을 한대 쥐어박고 싶은 마음이 굴뚝 같지만 꾹 눌러 참아야 한다. 자칫 싫은 내색을 보였다가는 다음과 같은 핀잔이나 듣기 십상이다. 당신 도대체 뭐하는 남자예요?

직장에 나가서는 웃사람 눈치 보느라고 정신이 없고, 집에 들어와서는 마누라 비위 맞추느라고 헤매야 하는 수난의 질곡은 샐러리맨의 타고난 멍에로 남을 것인가.

초보운전 실수기

내가 운전면허시험에 합격한 것은 1990년 3월이었다. 주행에서는 당일로 통과되었지만 그 전에 치른 코스시험 에서는 무려 3번이나 떨어져 정신적으로나 육체적으로 꽤나 다난한 고생을 치른 뒤끝이었다.

그로부터 5개월 뒤인 8월 하순에 소설가 김호운 형의 소개를 받은 현대자동차 영업부 직원과 연결이 되어 액 셀 (GLSi) 자동변속기로 계약했다. 늦어도 일 주일 정도 만 기다리면 차가 나온다는 이야기를 듣고 나는 그 날로 서둘러 도로 연수에 들어갔다.

첫날과 이튿날은 1시간씩, 나머지 4일간은 하루 2시간 씩 총 10시간의 도로 연수가 끝나고도 열흘 뒤에야 드디 어 차가 나오게 되었다면서 축하한다는 연락을 받은 것 은 9월 9일 저녁이었다.

이튿날 아침부터 먹구름이 끼기 시작했고, 오후부터 기

어이 세찬 비바람이 몰아쳤다. 그 날 저녁 7시경에 차가 도착하게 되어 있었는데, 기왕 늦을 바에야 하루 연기해도 상관 없다는 느긋한 생각이었다. 그러나 그 날 저녁 예정된 시간에 억수같이 쏟아지는 비를 맞으며 차는 잠실 우리 집 앞에 어김없이 도착했다.

비는 밤이 새도록 쏟아졌고, 일산 지역의 한강 제방이 무너졌다는 엄청난 뉴스가 전해진 그 이튿날 아침, 거짓말처럼 비는 개어 있었다.

나는 가벼운 옷차림으로 자동차 키를 들고 대문을 나섰다. 처음에는 시동이나 한번 걸어 볼 요량이었는데, 막상 차에 올라앉고 보니 욕심이 생겼다. 아직 이른 아침이었으므로 도로 사정이 한가할 것은 말할 나위도 없었다. 이런 때 아파트 외곽 도로나마 한 바퀴 돌아 보자는 생각이 들었다. 그래서 차를 몰아 아파트 정문을 용감하게 빠져 나가게 되었는데, 이것이 제 1차 실수였다.

약 1킬로쯤 달리면서 나름대로 감을 잡아 보니 도로 연수 때와는 달리 차가 어딘지 모르게 빡빡했다. 계기판을 들여다보았지만 별 이상은 없는 것 같았다. 하지만 뭔가 예감이 이상해서 일단 길가에 차를 세우고 문을 열고 나가 보니 뒷바퀴에서 뿌연 연기가 일고 있었다. 지금 돌이켜보면 웃음이 나오지만 그 순간 내가 놀란 충격은 실로 작지 않았다. 지나가던 영업용 택시 기사가 가르쳐 주어서 알게 되었지만, 주차 브레이크를 올린 상태에서 주행에 들어간 것이 잘못이었다.

실수가 또 다른 실수를 불러일으키는 모양인가. 주차 브레이크를 올린 채 차를 몰았다는, 가장 초보적인 기초 상식조차 지키지 못한 그 어처구니 없는 사실에 나는 몹시 약이 올랐다. 도로 연수를 받을 때, 시내에도 들어가 보았고, 남한산성 고갯길도 올라 보았을 뿐만 아니라, 고속도로도 무난히 타 본 솜씨 아니던가.

내친 김에 어디 한번 더 시험 가동을 해보자. 다부지게 마음먹고 차를 몰아 송파대로로 진입한 것이 제 2차 실수였다. 도로 연수 때 이 길을 다녀본 경험은 있었다. 그러나 막상 혼자 운전대를 잡고 대로를 달리자니 도로 연수 때와는 주변 상황이 너무 달랐다.

어물어물 2차선으로 들어서기는 했는데, 그 다음 차선 변경이 어려웠다. 이른 아침인데도 주행차가 너무 많았다. 깜박이를 켜고 서행을 해보았지만 무정한 선배 기사님들은 클랙슨을 빵빵 울리면서 총알처럼 스쳐가기만 할 뿐 차선 변경을 조금도 허용하지 않았다. 나를 도와줄 사람은 아무도 없었다. 모든 것을 나 혼자 판단하고, 나 혼자 결단을 내려야 하는 절대 절명의 순간이었다.

나도 출근을 해야 할 입장이어서 무작정 앞만 보고 달릴 처지가 아니었다. 운전대를 거머 쥔 손아귀는 물론이고 등에서도 식은땀이 질펀하게 배어나고 있었다. 그런 다급한 경황에서도 어찌어찌 차선을 변경하여 우회전에 성공했는데, 그러나 오래지 않아 뜻밖의 장애물과 마주치고 말았다.

눈앞에 100여 미터의 도로가 물에 잠겨 있었다. 마주 오는 승용차를 바라보니 바퀴가 완전히 물에 잠길 정도로 물은 범람해 있었다. 나중에 알았지만 탄천물이 넘쳐 도로 전체가 물바다였다. 뒤따르는 차가 클랙슨을 울리고 있었다. 에라, 모르겠다 싶어 나도 물 속으로 기어들어갔는데, 어랍쇼, 차체가 멋대로 비틀비틀 미끄러지는 게 아닌가. 마주 오는 차와 부딪치기 일보 직전에서 살짝 비켜날 수 있었던 것은 실로 천행이었다. 잘 모르는 길을 일단 피하라는 초보 제 1조를 무시했던 업보치고는 실로 진땀나는 귀중한 체험이었다.

제 3차 실수는 그 날 저녁에 일어났다. 퇴근해서 집에 도착한 것이 6시였고, 어물어물하는 사이에 날이 어두웠다. 아파트 안에서 주행 연습을 해 볼 요량으로 운전대를 잡고 앉아 후진 기어를 넣었다. 차창 밖으로 고개를 내밀고 핸들을 돌리면서 후진을 계속하는데, 아뿔싸, 머리 부분이 바로 옆에 정차해 있는 트럭 뒷 보디에 살짝 걸려 버렸다. 후진에만 신경을 곤두세운 나머지 앞머리의 방향 전환에 소홀한 탓이었다. 여기서도 대번에 전진 기어로 바꾸었더라면 사고는 모면하였을 터인데, 다급한 나머지, 살짝 빠져나오겠다는 터무니없는 생각으로 액셀레이타를 밟아 버린 것이 빌미였다. 부서지는 소리가 나길래 차문을 열고 나가 보니 왼쪽 깜박이가 박살이 나 있었다. 차 인수 24시간 만이었다. 운전면허시험 때 3번이나 떨어진 이유가 단순히 운이 나빴거나 성능 나쁜 고물차를 만난 탓만이 아니었다는 사실을 새삼 절감하는 순간 이었다.

4번째 실수는 그로부터 6일 뒤에 일어났다. 모처럼 용 기를 내어 마이 카로 출근해 보는 첫날이었다. 영동 세브 란스병원 앞 버스정류장을 지날 때였다. 앞서 가는 버스 가 좀체 움직일 기미를 보이지 않았다. 마침 백미러를 보 니 뒤따르는 차가 모두 신호 대기중이었다. 그래서 내 딴 에는 신속하게 앞지르기를 시도했는데, 핸들을 틀면서 액셀레이터를 밟는 순간, 기어이 버스 꽁무니를 들이받 는 접촉 사고를 내고야 말았다. 기지도 못하면서 날아 보 려고 날개를 퍼덕인 꼴이었슨즉 그런 꼴불견이 다시 없 을 것이다. 차에서 내려 보니 이번에는 오른쪽 깜박이가 와장창 부서지고, 그 부근의 차체가 보기 흉하게 일그러 져 있었다. 초보운전에 임시 남바를 단 새 차가 사고를 내었으니, 버스 운전기사도 조금은 한심한 모양이었다. 큰 차 뒤에서 각별히 조심해야 한다는 그 운전기사의 충 고를 나는 지금도 잊지 못한다. 그 이후 나는 불가피한 상황이 아닌 이상 차선 변경을 절대 금물로 여기게 되었 으니, 좀 값비싼 교훈을 일찌감치 체득한 셈이랄까.

돌이켜보면 그 모든 실수가 초보 1주일 안에 저질러진 사고였으니, 가장 조심해야 할 기간이 바로 시승 1주일 이 아닌가 생각한다.

나와 광복 50년

해방둥이는 일제 식민통치를 뿌리치고 태어난 축복받은 세대일까. 그렇지 않다. 나의 지난 50년은 애환이 뒤섞인 시간이었다. 6·25에서 5·18까지 어지러웠던 정변(政變)의 과정에서 실로 인생의 온갖 신고(辛苦)를 다 겪었다.

내가 6·25동란을 맞은 것은 여섯살 때였다. 부모를 따라 피란을 간 곳이 전기가 들어오지 않아 등잔에다 불을 밝히는 두메 산골이었다. 그곳에서 시오리나 떨어진 초등학교에 다녔다. 이승만 대통령을 국부(國父)로 모시던 시절, 보릿고개를 넘기기가 유난히 힘겨웠던 때였다.

4·19와 5·16이 일어난 것은 중학교 시절이었다. '절망과 기아선상에서 허덕이는 민생고를 시급히 해결하고……' 라는 혁명공약을 귀가 따갑게 외지 않으면 안되었다. 한·일회담 반대데모 열풍이 전국을 휘몰아칠 때

나는 가족의 품을 떠나 강릉에서 고등학교를 다녔다. 데모 주동자로 낙인이 찍혀 경찰서에 붙잡혀가 호된 꾸지람을 들었다. 가까스로 퇴학은 모면했으나 대신 학교는 조기방학에 들어갔다.

나는 태백시 본가로 돌아가 문학서적 탐독으로 지루하고 우울한 여름을 보냈다. 내가 내 생애에 가장 중대한 결정을 내린 시기가 바로 이 때였다. 밤을 지새우면서 쓴 단편소설이 고등학생 문예경연대회에서 당선, 이를 계기로 장학생 특전을 얻어 대학 문턱을 넘어섰다.

대학을 졸업하고 출판사에 취직이 되었으나, 수당 한푼 받지 못하면서 야근을 밥먹듯이 하였지만 그나마 혹 쫓겨나지 않을까 전전긍긍 헤매지 않으면 안되었다. 그 무렵은 직장 구하기가 하늘의 별따기였다. 그런 가운데서 처자를 거느리게 되었고, 어쩌다 문단 말석에 얼굴을 내밀었지만 내 자신의 글을 쓰기보다 남의 작품을 받아 싣는 서글픈 편집쟁이로 더 많은 시간을 빼앗겼다.

서슬 푸른 유신정권이 무너지고, 5·18을 거쳐 신군부가 정권을 장악했다. 이에 저항한 많은 동료 문인들이 투옥되었지만 매사 소심하고 소극적인 나는 무기력한 구경꾼으로 머물러 있었다. 나는 그런 내 자신이 싫고 혐오스러웠다.

내가 소위 전업작가를 선언한 것은 그 직후였다. 그러나 나는 뜻을 이루지 못하고 다시 직장에 기어들어가는 낯부끄러운 악순환을 서너 번이나 반복했다. 나는 반듯

한 작가도, 철저한 직장인도 아닌 어정쩡한 반거충이가
되어 있었다. 술을 조금 과하게 마시기라도 할라치면 입
으로는 모르는 것이 없고, 못하는 것이 없으면서도 정작
결정적인 순간에 이르면 아는 것도 없고, 하는 것도 없는
전형적인 소시민으로 길들여져 있는 스스로를 깨닫고 당
혹감을 금치 못할 때가 많았다.

어린 시절에는 늘 굶주림에 허덕였고, 어렴풋이나마 철
이 들기 시작하면서는 모질고 변화무쌍한 정치 소용돌이
에 어떤 형태로든 휘둘리지 않으면 안되었다. 때로는 분
노했고, 때로는 절망했던 질곡의 역사였다. 그동안 휴전
선과 판문점을 넘나든 사람들은 한두 사람이 아니었다.
휴전선을 긋고 판문점을 지었던 역사의 주인공들도 대부
분 사라지고 있다. 변한 것은 틀림없는데 또한 변하지 않
은 것도 있다. 남북한은 아직도 마음대로 오갈 수 없는
땅이고, 분단의 비극은 그대로 생생히 남아 있다. 나의
지난 50년 역정(歷程)은 한마디로 피곤하고 숨가쁜 나날
의 연속이었다.

그러나 어느덧 나이 50. 나는 두 아들과 아내를 거느린
일가(一家)를 이루었고, 정치 현실도 많이 변했다. 그 유
례를 찾아보기 어려울 정도로 수많은 우여곡절을 겪은
끝에 목마르게 기다리던 문민정부가 들어섰고, 머지 않
아 우리는 GNP 1만불 시대를 맞이한다.

이제 새로운 반세기를 시작하는 이 시점에서 내가 바라
는 소망이 있다면 그것은 무엇일까. 누구나 바라는 소망

이겠지만 남북통일이다. 나는 비록 관직에 몸을 담아 본 적이 없는 일개 무관(無冠)의 소시민이자 가난한 작가이지만 어느 누구 못지않게 우리 대한민국을 사랑하는 사람이다. 그런 의미에서도 나와 나이를 같이하는 우리 해방둥이 세대의 마지막 과업은 남북통일이고, 우리는 이 성스러운 과업을 성취하는 데 기여하는 주역이기를 희망한다. 지극히 당연한 말이겠지만 진정한 의미의 광복은, 휴전선으로 고착화된 민족분단의 아픔을 극복하고 치유하는 바로 그 날이 아니겠는가.

욕망과 비극 *103*

간통죄 *111*

만년필 *117*

독서 *123*

원고료 이야기 *129*

문예지 편집자 *133*

내 작품의 뒤안길 *139*

나의 문학 수업기 *145*

나의 데뷔작 *153*

나의 작품 취재기 *157*

스승 김동리 *161*

작가 일기 *165*

2

욕망과 비극

　사람은 누구나 성공하기를 바라고 행복을 추구한다. 그러면서도 사람들은 흔히 성공과 행복의 본질을 착각하고 있는 경우가 많다. 성공이란 어떤 목적이나 뜻을 이룩하는 결과론을 의미하고, 행복은 만족감을 느끼는 마음의 형태를 의미하는데, 대부분의 사람들은 성공만 하면 저절로 행복감을 느낄 수 있다고 믿고 있다.

　그러나 성공과 행복은 별개로 존재한다. 성공이란 물론 돈이나 지위나 명성을 얻는 형태를 말하고, 돈이나 지위나 명성만 있으면 즐거움과 만족감과도 직결되기 때문에 어느 정도 행복해지는 것은 사실이다. 하지만 아무리 많은 돈을 가져도 행복할 줄을 모르는 사람이 있고, 아무리 높은 지위와 명성을 얻어도 행복과는 무관하게 사는 사람들이 우리 주변에는 결코 적지 않다. 그것은 아무리 돈이 많고, 아무리 높은 지위와 뛰어난 명성을 얻어도 만족할 줄 모르는 탓이다.

저만큼 돈이 있고, 저만큼 지위가 높고, 저만한 명성을 가진 사람이라면 도대체 불행할 까닭이 없어 보이는 사람들이 절망하고 괴로워하는 경우도 우리는 흔히 목격한다. 그 사람에게는 그 사람만이 느끼는 불만이 있기 마련인데, 이를테면 돈도 있고, 지위도 높고, 명성도 가진 사람이지만 알고 보면 자식이 없어 항상 허전한 고독감을 느낄 수도 있고, 몸이 병약하여 언제나 고통을 당함으로써 남모르게 불행한 나날을 보내고 있는 사람도 적지 않은 것이다. 하나를 얻으면 둘을 가지고 싶고, 둘을 가지면 또 다른 하나를 얻고 싶은 이러한 욕망의 사슬에서 벗어나지 못하는 한 사람은 누구나 만족감을 느낄 수 없고, 만족감을 느낄 수 없는 한은 누구나 행복감과는 거리가 멀다. 이런 의미에서도 진정한 욕망을 억제할 줄 알아야한다는 전제 조건을 필요로 하게 마련이다.

드라이저의 〈아메리카의 비극〉도 욕망을 자제할 줄 몰랐기 때문에 끝내는 불행과 절망의 구렁텅이로 빠진 한 젊은이의 이야기를 적나라하게 그리고 있다.

이 소설의 주인공 클라이드 그리피스는 가난한 가정에서 태어나 불행한 어린 시절을 보낸 청년이다. 가난은 양(洋)의 동서나 시(時)의 고금을 통해서 견디기 힘든 시련이기는 하지만 특히 물질적으로 풍부한 현대의 미국에서는 더욱 그러하다. 자기 자신은 제대로 먹지도 못하고, 언제나 남루한 옷차림을 하고 다녀야 하는데도 불구하고, 거리에서 만나는 사람들은 누구나 화려한 옷차림을 하고 값진 자가용을 타고 다니고, 이름난 음식점에서 맛있는 음식을 즐긴다. 이런 세상에서 살아 남는 방법은 달리 없다. 수단과 방법을 가리지 않고 어떻게 해서든지 돈을 벌어야 한다는 욕망에 사로잡힐 수 밖에 없는 것이다.

클라이드는 초등학교를 나오자 곧 약방 점원으로 들어갔고, 이어 캔서스 시에서는 가장 큰 호텔의 보이로 취직한다. 호텔 보이는 일정한 급료 외에도 손님들이 건네주는 팁이 있어 수입도 비교적 괜찮았지만, 각계 각층의 사람들과 접촉하는 기회가 많아 은연중에 배울 점도 없지 않았다. 건실하게 지내면 그런대로 안정된 생활을 누릴 수도 있었다. 그러나 클라이드는 자기의 수입을 부모에게 속이고, 나머지 돈을 유흥비로 탕진하는 생활로 일관했다. 아름다운 아가씨들과 사귀면서 사치를 즐길 줄도 알게 되면서 돈 많은 집 청년들과도 사귄다. 그러던 중 남의 차를 가지고 한 아가씨와 드라이브를 즐기다가 여자를 치는 교통사고를 저지른다. 경찰에 체포될 것이 두려운 나머지 그는 앞뒤 헤아리지 않고 캔서스 시에서 도망쳐 버린다.

그의 친척 중에 크게 성공하여 큰 공장의 사장이 된 아저씨가 있었다. 클라이드는 그 아저씨를 찾아갔고, 그 아저씨는 교양도 없고 배우지도 못한 클라이드를 자기 공장의 노동자로 취직시켜 주었다. 호텔에서 제법 사치스런 생활을 해왔던 클라이드였지만, 쫓기는 형편이므로 중노동을 감수할 수밖에 없었다.

로버타라는 여자를 사귄 것은 이 공장에서였다. 로버타도 클라이드처럼 가난하고 학벌도 없었다. 그러나 마음씨만은 순진하고 착한 여자였다. 그는 이 여자를 사랑했고, 장차 결혼할 것을 약속하고 동거생활로 들어갔다. 크게 돈을 벌어서 호화롭게 살고 싶은 욕망은 버리지 않았지만 로버타와의 생활에 만족하려고도 애썼다.

그런 클라이드 앞에 새로운 국면이 전개된다. 그가 사장의 조카라는 사실이 밝혀지면서 상류사회 젊은이들이 접근한 것이다. 아저씨의 이름을 더럽히지 않기 위해서도 클라이드는 상류사회 젊은이들과 접촉하는 데 손색이 없는 사치스런 복장을 마련해야 했다. 공장의 값싼 노동자의 급료로써는 감당하기 어려운 돈이 필요했지만 그들과 교제하기 위해서는 무조건 인색할 수만도 없었다.

그러던 어느날, 클라이드는 쏜드라라는 미모의 여대생을 알게 되었다. 쏜드라는 물론 상류사회의 부잣집 딸이었고 그녀는 처음에 호기심으로 클라이드를 사귀지만 차차 사랑에 빠져 그를 노골적으로 유혹했다. 클라이드로서는 도저히 놓칠 수 없는 아가씨였다. 그녀와 결혼만 하게 되면 부와 명성이 한꺼번에 굴러들 판이었다. 일생을 통해 다시 없을 그 좋은 기회를 클라이드는 도저히 놓칠 수 없었다.

문제는 로버타였다. 여대생인 쏜드라와 공장 직공에 지나지 않는 로버타와는 애초부터 비교가 될 수 없었다. 장차 결혼하기로 약속하고 동거생활로 들어갔을 뿐만 아니라, 그 여자는 그 사이에 클라이드의 아기를 임신하고 있는 처지였다. 클라이드로서는 미모의 여대생 쏜드라와 결혼하기 위해서 장애물인 로버타를 처치하지 않으면 안되었다.

클라이드는 로버타를 꾀어 배를 타고 호수로 나가 아무도 몰래 그녀를 물 속에 빠뜨려 죽이고 만다. 이제 남은 것은 부와 명성을 약속하는 쏜드라와 결혼할 날만 남았다. 그러나 그를 기다리고 있는 것은 부와 명성과 아름다운 아내와 행복한 나날이 아니라, 살인자로서 마지막 가야 할 전기의자뿐이었다.

작가 드라이저는 '이 소설의 주인공 클라이드는 한 개인이면서 20세기 현대인을 대표하는 전형적인 인물'이라고 공언했다. 다시 말해서 현대인은 지나치게 물질에만 사로잡힌 나머지 도덕이나 윤리를 경시하는 생활을 추구하고 있다는 자적이었다.

경우는 약간 다르긴 하지만 이와 비슷한 이야기로는 프랑스의 작가 스탕달이 쓴 〈적과 흑〉을 들 수 있다. 이 소설의 주인공 줄리앙은 가난한 목수의 집안에서 태어나 마을 사제를 통해 배운 라틴어와 타고난 미모를 바탕으로 하여 레날 시장 집 가정교사로 들어가 그의 아내 레날 부인을 유혹하고, 이어서 마틸드라는 아름다운 아가씨와 사랑하게 되며, 이 두 여자 사이를 방황하던 중 줄리앙은 레날 부인을 저격하고 마침내 사형선고를 받아 단두대의 이슬로 사라진다.

집이 가난하다고 해서 인생의 희망마저 포기할 수는 없다. 가난하더라도 높고 큰 뜻을 가지고 그 높고 큰 뜻을 이룩하기 위해서 최선을 다해야 할 것은 물론이다. 우리 주위에는 가난한 집에서 태어나 어린 시절을 불행하게 보냈으면서도 자기의 꿈과 희망을 버리지 않고 끝까지 노력해서 성공한 사람도 얼마든지 있다. 고 정주영 회장 같은 분이 그런 사람 아닌가.

여기서 문제가 되는 것은, 꿈과 희망을 이룩하기 위해서 사람이 반드시 지켜야 할 도덕성마저 포기할 수도 있느냐 하는 점이다. 지켜야 할 질서를 다 지키고, 어기지 말아야 할 윤리를 그것대로 다 지켜야 하고, 남에게 조금이라도 피해를 입히지 않아야 하고, 친구 사이의 의리, 부모 친척 간의 우애와 효도 등, 지켜야 할 도덕 규범과 양심에 따라 행동하다가는 결국 아무 것도 이룩할 수 없는 것처럼 되어 있는 것이 우리의 현실이다. 적당히 거짓말을 할 줄도 알고, 적당히 사기를 칠 줄도 알고, 적당히 남을 헐뜯을 줄도 알고, 적당히 웃사람한테 아첨할 줄도 알고, 자기한테 이로운 일이 있을 때는 남의 덜미를 잡아챌 줄도 알아야 성공할 수 있다고 믿는 사람이 의외로 많다. 실제로 우리 주변에 성공한 사람들의 어느 정도는 비리와 불의와 비도덕적인 방법과 수단을 동원하여 돈과 지위와 명성을 얻은 사람이 없지 않다. 남이야 뒤에서 손가락질을 하거나 말거나 잘 먹고 잘 입고 잘 노는 사람들이 얼마든지 있는 것이다. 그래서 양심에 따라 정직하게 살려고 노력하던 사람이 더 이상의 인내심을 포기하고 본의 아니게 나쁜 짓을 하다가 더 큰 불행에 빠지는 사람이 나타나게 되는 것이다.

위에서 설명한 〈아메리카의 비극〉의 클라이드나, 〈적과 흑〉의 주인공 줄리앙도 마찬가지다. 가난한 집에서 불우한 어린 시절을 보낸 그 두 사람이 행복하게 잘 사는 사람들에 대하여 증오의 감정을 가지고 어떻게 해서든지 그들과 동격의 수준으로 올라가기 위해 수단과 방법을 가리지 않았던 것이다. 말할 것도 없이 주어진 자신의 처지를 무시하고 지나친 욕심을 드러낸 탓이 아니었을까. 비록 성공하지는 못했더라도 행복하게 사는 방법을 생각했더라면, 그런 무참한 종말을 맞이하지는 않았으리라고 생각해 본다. 사람은 성공하기 위해서 사는 것이 아니라 행복하기 위해서 살 줄 알아야 한다. 그런 의미에서도 성공은 행복하기 위한 하나의 수단일 뿐 인생의 목적은 아니라고 말할 수 있지 않을까.

간통죄

나타니엘 호손의 〈주홍글씨〉를 생각할 때마다 연상되는 것이 있다. 그것은 간음한 여자에 대해 심판을 내린 예수의 가르침이다.

예수가 올리브산에 머물고 있을 때다. 율법학자들과 바리사이파 사람들이 한 여자를 예수 앞에 끌고 와서 말하였다.

"선생님, 이 여자는 간음하다가 현장에서 잡힌 사람입니다. 모세법에 의하면 이런 죄를 범한 여자는 돌로 쳐서 죽이게 되어 있는데, 선생님의 의견은 어떻습니까?"

예수는 땅바닥에다 무엇인가를 쓰고 있다가 한참만에 대답했다.

"당신들 중에 누구든지 죄 없는 사람이 있으면 저 여자를 돌로 치시오."

이 말을 들은 사람들은 서로 눈치만 보다가 슬금슬금

그 자리를 피해 버렸다.

"그들은 어디 있소? 당신을 단죄한 사람은 아무도 없소?"

예수의 물음에 간음한 여자가 대답했다.

"아무도 없습니다, 주여."

예수가 말했다.

"나도 당신을 단죄하지 않겠소. 그러니 돌아가시오. 그리고 이제부터 다시는 죄 짓지 마시오."

〈주홍글씨〉의 표면적 소재는 간음한 여자의 이야기다.

뉴우 잉글랜드의 어느 마을의 교도소에서 그다지 멀지 않은 곳에 교수대가 세워져 있다. 그리고 그 교수대 위에 어린아이를 안은 한 여자가 서 있다. 그녀의 가슴에는 붉은 천에 정교한 솜씨로 수놓은 A자가 박혀 있었다. A는 간통(adultery)의 머릿글자이다.

헤스터 프린은 연상의 학자와 결혼을 했는데, 그녀만이 먼저 미국으로 건너갔다. 뒷일을 정리하고 따라오기로 약속했던 남편은 좀체 나타나지 않았다. 그러는 동안 그녀는 퍼얼이라는 사생아를 낳았다. 남편이 없는 동안에 낳은 사생아이기 때문에 두말 할 것도 없이 불륜의 자식임에 틀림없었다. 엄격한 청교도들은 그녀를 간통죄로 몰아 다음과 같은 선고를 내렸다.

"헤스터 프린은 교수대 위에 죄의 씨인 자식을 안고 3시간 동안 구경거리로 여러 사람 앞에 세우고, 그 후 한 평생을 죄의 표시인 A라는 글자를 가슴에 달고 살도록 한다."

헤스터와 간통한 상대자는 과연 누구인가. 그녀 자신은 끝내 밝히지 않았지만, 그 남자는 마을 사람들의 존경을 받고 있는 청년 목사 딤스데일이었다. 그는 하나님의 길을 설교하고 사람들의 모범이 되어야 할 자신이 그러한 과오를 범하였다는 죄책감에 사로잡혀 밤잠을 자지 못하고 괴로워한다. 그러면서도 그는 스스로 자수하고, 헤스터와 함께 형벌을 받을 용기가 없었다.

그 사이에 행방 불명이 되었던 헤스터의 남편이 이 마을에 나타난다. 그는 암스테르담에서 미국으로 오는 동안 너무나 끔찍한 재난을 만나 얼굴이 몰라 볼 정도로 변해 있었다. 그는 아내 헤스터의 간통 사실을 알고 상대방 남자를 찾아내어 복수할 결심으로 이름도 칠링워드로 고친다. 그리고 그는 마침내 헤스터와 딤스데일과의 관계를 알아내고, 그에게 교묘하고 잔혹한 복수를 가하려 한다. 그러나 그의 복수가 성공하려 할 때, 양심의 가책에 견디지 못한 딤스데일은 많은 사람들 앞에서 헤스터의 손을 잡고 자기의 죄를 고백한 뒤, 그대로 숨겨 버리고 만다. 이것이 〈주홍글씨〉의 대강 줄거리이다.

나타니엘 호손은 매사추세츠 주의 세일렘에서 태어났다. 매사추세츠는 영국의 청교도들이 미국으로 이주하여 생활의 기초를 닦은 곳으로 청교도의 전통적인 인습이 강했다. 당시의 청교도들은 오늘날의 미국인들이 상상도 못할 만큼 엄격한 도덕률에 사로잡혀 있었다. 그들은 사치를 피하고, 소박하고 검소한 생활을 했는데, 소설이나 연극, 음악 같은 것도 금지될 정도로 향락적인 생활은 철저히 배척했다.

세일렘의 마녀 재판에 관계했던 판사의 후예(後裔)인 호손은 자기 주위에 남아 있는 이러한 청교도들의 낡은 인습에 많은 관심을 가지고 있었고, 자연 그것들에서 소설의 소재를 즐겨 취하였다. 말할 나위도 없이 〈주홍글씨〉는 그 대표적인 예의 하나로 손꼽힌다. 그리고 〈주홍글씨〉를 완전하게 이해하기 위해서는 당시 미국의 청교도들의 이면사를 알아야 한다.

호손이 이 작품에서 나타내고자 했던 진정한 주제는 무엇일까. 그것은 한마디로 죄의식이다. 사회가 용서하지 않는 범죄를 저질렀다는 데 대해서는 인정하면서도, 자기가 실제로 죄를 범했다는 의식은 전혀 없는 것이 헤스터의 입장이다. 표면적으로는 자신의 죄를 인정하면서도 그 형벌을 영웅적으로 견뎌내는 꿋꿋한 모습에서 그 편린을 찾아볼 수 있다.

사랑하는 아내로부터 배신당한 남자의 고독하고 비참한 모습에는 물론 동정심이 일지 않을 수 없다. 그러나 그가 딤스데일에게 가하려는 음험한 복수심에는 차라리 전율과 같은 반감이 앞서는 것은 무슨 까닭일까. 너무 지독한 악의 화신같이만 느껴지기 때문인지도 모르겠다. 안과 밖이 서로 다른 이중 생활을 보내고 있는 인물들 중에서도 딤스데일의 경우는 가장 비참했다고 볼 수 있다.

겉으로는 많은 사람들의 존경을 받고 있으면서도 마음 속으로는 지은 죄 때문에 남몰래 괴로워해야 하는 그의 죄의식에는 가슴이 저려오기까지 한다.

이 작품 〈주홍글씨〉는 A라는 글씨를 가슴에 달아야 했던 헤스터, 복수심에 불타는 그녀의 남편 틸링워드, 그녀의 애인 딤스데일, 애인과 그녀 사이에서 태어난 사생아 퍼얼 등을 뒤섞어, 죄가 제각기의 인물들에게 어떠한 작용을 하는가를 추적한 상징적인 원죄(原罪) 이야기로 보면 되겠다. 주홍글씨 A는 한 여자의 간통을 나타내는 것이 아니라, 인간 모두에게 공통되는 영원한 죄의 상징으로까지 확대할 수 있기 때문이다.

간통은 도덕성을 바탕에 둔 사회적인 법률 용어에 해당한다. 법이란 올바른 사회 생활을 유지하기 위하여 제정된 규범이기 때문에 누구나 지켜야 할 의무와 책임이 수반되고, 이에 저촉되면 물리적 체형이 가해지게 마련이다. 따라서 남편 있는 여자이면서도 사생아를 낳은 헤스터가 처벌을 받아야 하는 것은 지극히 당연한 인과 응보에 속한다.

문학 작품 속에 간통 문제가 흔히 등장한다. 톨스토이의 〈안나 카레리나〉에 등장하는 안나, 플로베르의 〈보봐리 부인〉의 엠마, 로렌스의 〈차탈레 부인의 사랑〉의 차탈레이 등이 그들이다. 모두가 남편 있는 가정 부인이면서도 안나는 관청 일에만 몰두하는 남편에게서 싫증을 느끼고 젊은 청년 브론스키와, 엠마는 고지식한 남편을 배신하기 위해 다른 남성과, 차탈레이는 남편이 성불구자이기 때문에 욕구 충족을 위해 건강하고 야성적인 산지기와 육체 관계를 맺는다.

안나나 엠마는 정신적인 불만이 배경이 되어 있고, 차탈레이의 경우는 육체적인 욕구 불만이 자연스레 다른 남자를 사랑하게 되었다고 보는 것이 정설이다. 성욕은 식욕과 더불어 인간의 가장 원초적인 본능이기는 하지만, 간통죄 존폐 여부를 두고 논란이 거듭되고 있는 작금의 어지러운 세태에서 헤스터의 가슴에 새겨진 A라는 글자는 많은 것을 시사하고 있다 하겠다. 나타니엘 호손은 작품 〈주홍글씨〉를 통해 완전주의를 표방한 엄격한 청교도들의 이상이 사실은 비인간적이었다고 냉정하게 지적하고 있는 것이다.

'당신의 눈이 성하면 온몸이 밝을 것이며, 당신의 눈이 성하지 못하면 온몸이 어두울 것'이라고 설파한 그리스도의 다음 말로 맺음말을 대신한다.

"남을 죄인으로 판단하지 마시오. 그러면 여러분도 죄인으로 판단받지 않을 것입니다. 남을 판단하는 대로 여러분도 하느님의 심판을 받을 것이고, 남을 저울질하는 대로 여러분도 저울질을 당할 것입니다."

만년필

    수년 전 어느 월간 잡지에서 우리 나라 문인들 가운데 작품을 꽤나 잘 쓴다는 작가 예닐곱 명을 집중 조명한 적이 있었다. 이름을 대면 누구나 다 알 만한 유명 작가들이 주로 거론되었는데, 이 작가들의 말을 빌면 글은 역시 볼펜이나 만년필로 원고지에다 또박또박 눌러 써야 좋은 글이 된다는 주장이었고, 그들을 인터뷰한 기자도 그들의 그런 의견에 장인 정신(匠人精神)이란 말로 전폭적인 지지를 보내는 듯한 인상을 감지할 수 있었다. 거기에 등장하는 작가들이 워낙 이름난 작가들이라 일견 수긍할 수밖에 없는 무엇이 있는 듯도 싶기는 했지만 나는 명백히 찬동할 수 없었다. 내가 알기로 그 때 거론되었던 작가들 중 몇명은 지금 워드프로세스로 글을 쓰고 있다.

    데뷔 초기 이삼 년 동안 나도 만년필이나 볼펜으로 원고지에다 글을 썼다. 그러다가 1980년 가을에 큰마음 먹고 공병우 타자기를 한 대 구입했고, 약 일 주일 동안 밤낮 없이 죽어라고 연습한 끝에 내 책상 위에 놓여 있던 원고지를 깨끗이 치워 버렸다. 그로부터 칠팔 년 뒤에는 워드프로세스로 바꾸었고, 다시 이삼 년 뒤에는 노트북 컴퓨터로 발전했다. 나는 내 주위 친구들에게도 되도록 워드프로세스로 글쓰기를 권유했고, 실제로 작가 손영목 씨 같은 분은 내 권유를 받아들여 워드프로세스로 글을 쓰기 시작했는데, 나중에 그 친구는 워드프로세스를 권해 준 내게 진심으로 고마움을 표시한 적이 있다.

나는 신춘문예 예심(豫審)을 꽤 여러 해 담당한 적이 있었다. 1980년대 초반만 해도 원고지에다 소설을 써서 응모한 작품이 워드프로세스로 깨끗이 정서한 응모작보다 더 많은 비율을 차지하고 있었다. 그 때까지만 해도 원고지든 워드프로세스든 크게 개의치 않고 보았는데, 1980년대 후반으로 접어들면서 상황은 역전되었다. 원고지에다 글을 쓴 응모작보다 워드프로세스로 글을 쓴 응모작이 압도적으로 많았고, 지극히 개인적인 취향의 발로였겠지만 나는 원고지 응모작보다 워드프로세스로 깨끗이 정서된 응모작에 호감을 가졌다는 점을 분명히 기억한다.

그 당시 나는 문예지 편집부에서 근무했다. 같은 맥락의 이야기이지만 1980년대 초반만 해도 원고지에다 작품을 써 오는 작가들이 많았고, 작품은 으레 원고지에다 쓰는 것으로 알고 있었다. 그러나 그런 익숙함도 1980년대 후반으로 접어들면서 서서히 역전되었다. 원고지에다 글을 써 오는 작가보다 워드프로세스로 글을 써 오는 작가의 수가 점점 많아졌고, 편집을 담당한 나로서도 원고지보다는 워드프로세스로 글을 써 오는 작가의 작품에 호감도가 높았던 것이 사실인데, 21세기로 접어든 지금은 어떠한가. 잡지사나 출판사에서는 워드프로세스로 깨끗이 정서한 글로도 만족을 못하고 숫제 디스켓이나 이메일로 전송해 주기를 원하고 있지 않은가. 아직도 몇몇 작가는 원고지에다 글을 쓰고 있는데, 이런 분들의 글을 받아야 하는 잡지사나 출판사 직원들이 어떤 표정을 지을지는 보지 않고도 능히 짐작이 간다. 모르긴 하지만 아마 동물박물관에서 괴물을 보는 듯한 황당한 표정을 짓지 않을까.

나는 한때 꽤 많은 만년필을 가지고 있었다. 이삼 년 전만 해도 소지한 만년필이 예닐곱 개는 되었던 걸로 기억하는데, 잃어버리거나 다른 사람에게 양도하고, 지금 내 수중에 남아 있는 것은 세 개뿐이다.

세 개 모두 고만고만한 사연과 의미를 간직한 만년필이다. 군청색 파카21 만년필은 내가 현대문학사에 근무할 당시 그 문예지 출신 문인들이 창간 300호 기념 차원에서 우리 직원들에게 선물한 만년필이고, 자색 파카45 만년필은 첫 소설집 〈오월에서 사월까지〉가 나왔을 때 기념 선물로 받은 만년필이다. 그리고 나머지 14K금촉 파일롯 은장 만년필은 한국경제인연합회에서 우리 문인 일행을 초청해 세미나를 개최했을 때, 역시 기념으로 받은 만년필이다.

사연과 의미가 서로 다른 경로를 통해 내 수중에 들어온 만년필이기는 하지만 궁극적으로는 한 가지 초점으로 모아진다. 요약하면 '좋은 글을 많이 쓰기 바란다'는 지극한 격려 차원의 정성이 담겨 있는 만년필이라 하겠다. 그분들의 이런 지극한 정성을 생각하면 지금의 내 처지는 자못 부끄럽고 송구스러울 따름이다.

지난해 시월에 소설집 〈의혹〉을 내면서 머리말에 나는 '내가 쓴 작품 모두를 깨끗이 지워 버리고 처음부터 다시 시작하고 싶다는 충동을 많이 받아 왔다. 4번째 작품집을 새로이 묶고자 하는 지금도 그런 가당찮고 황당한 생각에는 별로 변함이 없다'고 기술한 바 있다. 거듭 말하지만 지난날의 내 작품을 다시 살펴보는 기회를 가질 때마다 드러내어서는 곤란한 치부를 만천하에 내보이는 것 같은 부끄러움을 참으로 많이 느끼곤 한다. 소설집과 장편소설을 포함해 여덟 권의 책을 낸 처지에 그 무슨 당치 않은 겸양이냐고 나무랄 사람이 있을 수도 있겠고, 또 지나친 겸양은 미덕이 아니라는 지적도 충분히 감안해야 하겠는데, 그러면서도 나로서는 역시 그렇게 고백할 수밖에 없다.

그런데 내가 만약 타자기나 워드프로세스가 아닌 만년필이나 볼펜으로 원고지에다 계속 글을 썼다면 어떻게 되었을까. 앞서 이야기한 바와 같이 나도 '장인 정신'

어쩌구 하는 그 그룹의 유명 작가가 되었을까. 나는 그렇게 생각하지 않는다. 지금 내 책상 서랍 속에 방치되어 있는 세 개의 만년필에 대해서는 대단히 미안한 일이지만 말이다.

독서

내가 살고 있는 아파트 상가에 만화가게가 있다. 거기에는 나이 어린 초등학교 학생에서 중·고등학교 학생에 이르기까지 항상 많은 아이들이 딱딱한 나무의자에 웅크리고 앉아 독서에 열중하고 있는 모습을 목격할 수 있는데, 이들의 독서 광경을 가만히 지켜보고 있노라면 참으로 신기한 생각이 들지 않을 수 없다.

만화란 물론 그림 위주로 꾸며낸 이야기라고는 하지만, 거기에는 반드시 읽어야만 내용을 파악할 수 있는 활자가 들어 있게 마련이다. 그런데 그들의 만화 보는 방법은, 마치 활자로 된 내용은 아예 제쳐 놓고 단순히 그림만 대충 훑어보는 것이 아닌가 의심이 들 정도로 연방 책장을 넘긴다.

그러한 모습은 대형 서점에서도 흔히 목격할 수 있는 풍경이다. 이 책을 사서 읽을 만한 가치가 있는가 아닌가를 대충 검토하는 정도가 아니라, 첫페이지에서 마지막 페이지까지 일정한 속도로 기계처럼 책장을 넘기는 진지한 표정을 보면 분명히 책을 읽고 있다는 사실을 의심할 수 없다.

삽화나 소제목 따위만 읽어 나간다 하더라도 그처럼 빠른 속도로는 책장을 넘기기 어려운 희안한 독서법인데, 알고 보면 소위 속독(速讀)이라는 것을 익힌 아주 독특한 독서법이다. 지폐를 헤아리는 은행원들의 솜씨에 버금가는 속도로 책장을 팔랑팔랑 넘기는 그들의 속독은 3백 페이지짜리 책을 읽는데 30분도 걸리지 않는다. 책한 권 읽는 데 보통 이삼 일씩 걸리는 나로서는 도저히 상상도 할 수 없는 속독이어서 은근히 부럽기도 한 것이 사실이다.

나는 독서를 하는데 시간이나 장소에 구애를 받지 않는다. 언제 어디서든 닥치는대로 책을 읽는 편에 속한다. 잠자리에 드러누워서 읽기도 하고, 소파나 책상 앞에 점잖게 앉아 읽기도 하고, 흔들리는 버스나 전철 속에서도 읽는다. 피곤해서 어쩔 수 없는 경우를 제외하고는 때와 장소에 상관없이 하다못해 신문이라도 사서 읽는다.

외국 사람들로부터 한국 사람은 표정이 없다는 지적을 곧잘 받는다고 한다. 내가 보기에도 과히 틀린 지적은 아니라고 본다. 버스나 전철을 타 보면 절실하게 느껴진다. 대부분의 사람들은 꾸벅꾸벅 졸지 않으면 멍청한 얼굴로 천장을 쳐다보고 있다. 무엇을 골똘히 생각하고 있는 얼굴은 거의 없고, 그저 목적지에 닿을 때까지 멍하니 앉아 있다가 간혹 맞은편 사람과 눈이라도 마주치면, 저 자식 사람 처음 봤나 왜 쳐다봐, 하는 식으로 쓸데없이 신경을 곤두세워 시비라도 벌일 것처럼 눈알을 부라리기 예사다. 참으로 어처구니 없는 진풍경이라 아니 할 수가 없다. 눈 좀 마주치면 어떻고, 기왕에 마주친 눈이라면 다정하게 아는 체할 것까지는 없다 하더라도 하다못해 가벼운 눈인사쯤 건넬 수 있는 여유라도 나누면 어떤가. 잘 알지도 못하는 사람인데 아는 체하다가 공연히 오해받을까 겁이 난다면, 차라리 신문이나 주간지라도 사서 읽는 방법은 왜 생각못하는지 모르겠다.

버스나 택시 유리창에서 책 읽는 사람만이 성공한다는 표어를 부착하고 다니는 광경을 쉽게 목격할 수 있다. 아주 그럴듯한 착상이라고 생각한다. 책을 안 읽는다고 해서 실패할 리도 없고, 책을 읽는다고 하여 반드시 성공한다는 보장은 없다 하더라도 책을 안 읽는 것보다는 읽는 편이 이로운 것만은 의심의 여지가 없다. 문제는, 그렇게 책을 읽자고 표어를 부착하고 다니는 사람조차도 실제로는 책을 거의 읽는 것 같지 않다는 점이다. 의심나면 지금 당장이라도 가까이 있는 주차장으로 달려가 보라. 그 많은 자가용 뒷자석에서 발견할 수 있는 것은 책이 아니라 외국산 화장지박스 아닌가.

샐러리맨들이 운집한 거리의 점심 시간에 다방이나 음식점에 가서 들어 보면 그들의 화제가 얼마나 단순한가를 단적으로 알 수 있다. 그들이 주고 받는 열띤 화제의 대부분은 프로야구나 기타의 운동 경기에 국한되어 있다. 어느 팀이 몇 승을 올렸고, 누가 홈런왕이며, 어느 선수가 어떤 식의 묘기를 펼쳤다는 따위의 이야기가 고작이다. 그들의 입에서 혹 실수로라도 자네 요즘 읽고 있는 책은 어떤 책인가 하는 질문을 던지는 경우란 도무지 찾아볼 수가 없다. 어쩌다 그런 질문을 하는 사람과 마주치게 되면, 골치 아프게 그까짓 책은 읽어서 뭘 하나, 하는 핀잔이나 먹이기가 예사이다. 그리고 또 어떤 사람은, 나는 책만 손에 들면 잠이 온단 말이야, 하고 아주 태연스럽게 뇌까린다. 조금 전까지 어느 선수의 타율이 얼마이고, 어느 선수의 승률이 얼마이고, 입에 거품을 물고 열을 올릴 때와는 생판 다른 표정에 놀라지 않을 수 없다. 책을 손에 들면 잠이 온다는 그 사실이 뭐 그리 자랑스런 일인가. 읽은 책이 없으니까 무식할 수밖에 없고, 무식하니까 먹고 놀기에 바쁠 것이고, 먹고 놀기에 바쁘다 보니 자연 책 읽기에 인색할 수 밖에 없지 않느냐는 논리인지는 모르겠다.

얼마 전에 조카아이를 만난 적이 있다. 그 아이가 마침 책을 읽고 있었는데, 나를 보자 어물어물 숨기려 드는 기색이 완연했다. 무슨 책이길래 저러는가 싶어 우정 가져오게 하여 살펴봤더니, 베스트셀러로 널리 알려진 소설책이었다. 어째서 숨기려 들었느냐고 물어 보았더니, 그 아이는 얼굴을 붉히면서 내용이 너무 황당무계하고 저속

해서 그랬노라고 대답했다. 황당무계하고 저속한 줄 알았으면 다행이라고 말해 주었더니, 이번에는 아까운 시간을 공연히 낭비했다고 후회하는 말을 덧붙이는 것이었다. 다른 아이들이 좋다고 열심히 읽기에 자신도 호기심이 동해서 읽어 보았는데, 어떤 책이 좋고 어떤 책이 나쁜지 정말 분별할 수 없다고 그 아이는 한탄까지 했다. 명색이 일류 대학에 다니는 아이였다. 저만한 실력이면 어떤 책이 좋고, 어떤 책이 무익한가 하는 것쯤은 분별할 능력을 충분히 갖추고 있으리라고 믿고 있던 나로서는 적이 놀랄 수 밖에 없었다.

책의 옥(玉)과 석(石)을 구별한다는 것은 말처럼 쉬운 일은 아니다. 그렇다고 아무 책이나 닥치는 대로 읽으냐 하면 그럴 수는 없는 일이다. 가능하다면 읽어서 마음의 양식이 될 수 있는 양서를 골라서 읽도록 노력해야 하며, 또 독서의 방법으로서도 아무 렇게나 줄거리 위주로 빨리만 읽어 나가기보다는 찬찬히 음미하면서 정독을 하는 것이 좋다. 나도 한때는 아무책이나 손에 잡히는 대로 마구잡이로 속독 위주의 독서를 한 적이 있는데, 그렇게 읽은 책들 치고 정작 마음에 남는 책이 없었다는 사실을 뒤늦게 깨달았다.

인생은 짧다. 더구나 조용한 시간은 너무나 짧다. 그렇기 때문에 너절한 책을 읽느라고 시간을 낭비할 수는 없다. 그리고 잡서(雜書)나 난독(難讀)은 일시적으로는 다소의 이익을 가져다 줄는지 모르겠지만, 궁극적으로는 시간과 정력만 낭비할 따름이다.

베이컨의 말처럼 어떤 책은 맛보고, 어떤 책은 삼키고, 어떤 책은 소화를 해야 한다. 이러한 지혜는 물론 하루 아침에 터득할 수 있는 것이 아니고 오랜 독서를 통하여 자연스럽게 깨달아지게 마련이다. 좋은 책을 정독할 수 있는 마음의 여유는 진심으로 독서의 욕구를 느끼는 자만이 누릴 수 있는 행복이 아니겠는가.

원고료 이야기

　얼마 전의 일이다. 자기는 모 대학의 학생인데 소설을 공부하고 있다면서 나를 만나 상의할 일이 있다는 전화가 집으로 걸려 왔다. 잡지사에 넘겨야 할 급한 원고가 있어서 시간을 내기가 어렵다고 대답했더니, 잠시만 말씀드릴 기회를 달라고 매달리는 바람에 하는 수 없이 집 부근의 다방에서 만났다.

　그 학생은 나에게, 모 문예지에서 공모한 장편소설의 예심(豫審)을 맡아 보지 않았느냐고 물으면서 자기는 그때 작품을 응모했다가 예심에서 탈락했다고 설명했다. 예심을 본 지가 서너 달 전의 일이었다. 제목과 내용을 대충 들어 보았으나 얼른 기억에 떠오르는 것이 없었다. 자기는 소설을 쓰다가 쓰러져 죽을 비장한 각오로 그 작품을 완성시켰다면서 예심에서 탈락할 수밖에 없을 정도로 형편없는 작품이었는지 꼭 알고 싶다고 그 학생은 울

먹이는 소리로 말했다.

 참으로 난처하고 고약한 일이었다. 장차 유수의 작가로 성장할 인재를 나 같은 둔재가 미처 헤아려 보지 못한 것이 아닌가 하는 자책감도 슬그머니 머리를 쳐들었고, 미안한 일이기도 해서 술집으로 장소를 옮겨서 결국 소주를 두 병이나 나누어 마시고야 가까스로 그 학생을 돌려보낼 수 있었다. 찻값도 술값도 물론 내 쪽에서 부담했고, 결과적으로 그 날 잡지사에 넘겨야 할 원고를 쓰지 못해 말 못할 곤욕을 치르었음은 물론이다.

 내게는 두세 달에 한번 꼴로 단편소설 한 편씩을 써 가지고 와서 보아 달라는, 나보다 서너 살 위의 고향 사람 한 분이 있다. 나이 사십을 훨씬 넘어 뒤늦게 소설을 써 보겠다고 의욕을 불태우는 사람인데, 이 분은 내가 읽어 본 원고를 찾아 가지고 돌아갈 때는 반드시 봉투 하나를 건네준다. 5만 원 정도의 금액이기는 하지만, 받지 않으려고 해도 기어이 내 호주머니에 넣어 준다. 수고를 끼쳤으면 마땅히 수고료를 지불해야 하고, 그래야만 자기도 마음이 편할 수 있고, 다음에도 원고를 또 써 가지고 떳떳하게 나타날 수 있지 않겠느냐면서. 고향 사람한테, 그것도 나이 사십을 훨씬 넘어 뒤늦게 소설을 써 보겠다고 하는 사람한테 수고료를 받는다는 게 썩 내키지는 않는 일이지만, 어쨌든 그 분을 만나면 기분이 유쾌하고, 별 부담감도 느껴지지 않는 게 솔직한 심정이다.

 나는 얼마 전까지, 2년 남짓 직장 없이 글을 써서 받는 원고료만으로 생활을 유지한 적이 있다. 인기작가도 아니고, 아무 지면이나 마구잡이로 글을 써 주는 배짱도 없고, 그럴 재주 또한 없는 편이었지만, 어쨌든 글을 써서 받는 원고료로 생활을 유지할 수 있었던 점을 스스로도 대견하게 생각해 왔었다. 가능한 한 그런 생활이 오래 유지되기를 기원했었지만, 사주 팔자에 직장 생활을 하도록 되어 있는 탓인지 근간에 다시 직장을 갖고야 말았다.

작가에게는 원고료가 생활의 수단이다. 청탁을 받을 때마다 원고료가 얼마냐고 꼬치꼬치 따져 묻지 못한 상태에서 글을 써 넘기게 되는데, 원고료를 기대 이상으로 많이 받을 때가 가장 기분이 좋고, 반대로 예상보다 적을 때는 그것처럼 서운하고 불쾌한 경우도 드물다. 명색이 글을 쓰는 문사(文士)라면서 원고료가 많으니 적으니 발설하는 자체를 지금의 우리 풍토에서는 용서하지 않는다. 간단히 말해서, 작가가 돈을 너무 밝히면 추해 보이고, 돈 밝히는 작가치고 좋은 글 쓰는 사람도 없다고 매도하는 사람들이 의외로 너무 많기 때문이다.

내가 듣기로 피아노 교습이나 미술 지도료는 상당히 높은 금액이 당당하게 거래되는 줄로 알고 있다. 그런데 어째서 글 쓰는 사람만이 그런 세속적인 거래 관계를 초월해야 하는가. 아무때나 불러내어 상담하면서도 찻값이며, 술값 따위를 떠넘기고도 조금도 미안해 하지 않는 풍토가 글 쓰는 사람들 세계의 미풍 양속이라면 할 말이 없다. 아니 그보다도, 배가 고파야 좋은 글을 쓰는 법이라

고 주장한다면 나로서는 더더욱 할 말이 없다. 왜냐하면
좋은 글도 쓰지 못하면서 앞장서 원고료 타령만 하고 있
는 듯한 내 모습이 더더욱 한심스럽게 여겨져서 말이다.

문예지 편집자

　문예지는 정식으로 문단에 데뷔한 문인들의 작품으로 꾸며진다. 시·소설·평론·수필이 주로 실리고, 아주 가끔은 희곡이나 시나리오가 게재되기도 한다. 수필이나 외국문학 및 기타 중요 특집일 경우 예외적으로 시인이나 작가가 아니더라도 그 방면에 전문가인 사람의 글을 받아 싣기도 하지만, 이건 어디까지나 예외이고, 문인이 아닌 사람의 글은 받아들이지 않는 것이 원칙이다. 우리나라에서 현재 발행되고 있는 종합문예지는 물론이고, 기타 시전문 잡지나 계간문예지의 편집 태도 역시 마찬가지다. 그래서 문인과 문예지는 악어와 악어새처럼 공존공생의 관계를 맺고 있다 하겠다.

　여기서 정식으로 문단에 데뷔한 문인이란 어떤 문인을 가리켜 하는 말인가 하는 점에 대하여 약간의 설명이 불가피해진다. 십여 년 전만 해도 그 기준은 비교적 명백했다. 우선 각 신문사에서 연말에 모집하여 정월 초하룻날 당선작을 발표하는 신춘문예를 통해 데뷔하는 방법이 있고, 각 문예지에서 부정기적으로 작품을 모집하여 추천을 하거나 당선작을 발표하는 절차를 밟는 방법이 그 중에서 가장 전통적인 통과 의례에 해당하며, 지금 활동하고 있는 문인들의 대부분이 이런 절차를 통해 등단했음은 주지의 사실이다.

미국이나 유럽은 우리 나라와 달라서 신춘문예나 문예지의 추천 및 당선의 절차를 밟지 않는다. 그들은 곧바로 출판사에서 단행본을 내어 그것을 가지고 문단이나 독자의 심판을 받는다. 그런 의미에서 보면 우리 나라의 문단 데뷔 절차는 매우 보수적이고, 상대적으로 너무 까다롭지 않느냐 하는 의문을 제기하게 된다.

80년대 후반으로 접어들면서 상황은 급변해졌다. 신춘문예 폐지론이 슬그머니 고개를 들기 시작하는가 하면, 심지어는 문예지의 작품 모집도 무시하려는 경향이 두드러진 것이다. 외국의 경우처럼 단행본을 출간하면서 문단 진입을 당당하게 외치기도 하고, 또 무크지나 동인지에다 시나 소설 및 평론을 발표하는 것으로 문인임을 선언하기에 이른 것이다. 우리 문학의 국제화를 서둘러야 할 이 마당에 이르러 외국의 추세에 따른다는 의미에서는 바람직한 현상인지도 모르겠으나, 그러다 보니 어디에다 무슨 작품을 쓴 어떤 문인인지 문예지 편집자조차 그 정체를 헤아리기 어려운 문인이 꽤나 많아졌다.

내가 근무하고 있는 월간 종합문예지 〈문학정신(文學精神)〉에서 조사 발표한 문인 주소록에 의하면 1987년 11월 15일 현재 우리 나라에는 시인 1천6백48명, 소설가 5백12명, 평론가 1백67명, 수필가 2백71명, 희곡작가 1백8명, 아동문학가 4백79명으로 총 3천1백85명이다. 앞에서도 언급한 것처럼 문예지 편집자로서도 그 정체를 헤아리기 어렵거나 객관적인 기준의 미달이라고 판단되는 문인을 그나마 제외한 숫자가 그것인데, 인구 4천만명 중 3천1백85명이면 그다지 많은 숫자가 아니라는 사람도 없지는 않으나, 하여간에 적은 숫자 또한 아니라는 것이 나의 솔직한 생각이다.

나는 문예지에서 근무한 지 꼭 10년째에 접어든다. 그 10년 동안 해마다 약 20명 정도의 문인이 등단했고, 모르긴 하지만 여러 정황으로 볼 때 장차는 해마다 40명 이상의 문인이 등단하리라고 예상된다. 문인이 많아서 나쁠 것은 없지만 동인지에다 시나 소설을 발표하고 시인, 작가입네 폼잡고 다닐 문인이며, 무크지에다 어쩌다 서투른 비평문 한 편 싣고 그 때부터 한국문학의 장래를 혼자 도맡거나 한 것처럼 시인·작가들 앞에서 필요 이상으로 목에다 힘주는 비평가가 나와 간혹 문단 질서를 어지럽히는 경우도 없지는 않을 듯 싶다.

문예지 사무실은 일종의 문인 사랑방이다. 모두 바쁘게 돌아가다 보니 아무 볼일 없이 문예지 사무실에 들러 한가롭게 노닥거리는 문인이야 어디 있겠는가마는 어쨌든

예나 지금이나 문예지 사무실에는 시인·작가들이 수시로 드나든다. 찾아오는 사람의 처지에서 보면 몇달, 몇년 만에 어쩌다 들르지만 허구헌날 손님을 맞는 편집자 입장에서는 하루 평균 대여섯 명은 필수적이다. 어느 날은 아침부터 저녁까지 내내 손님 접대로 하루 해를 넘기기도 한다. 좀 한가로울 때 찾아오는 손님한테는 나름대로 예의를 갖추어 접대할 수도 있으나 잡지를 마감할 임시에 들르는 문인한테는 부득이 대접이 소홀할 수밖에 없는데, 그렇게 되면 뒷소문이 나빠진다. 버릇없고, 시건방지고, 죽일 놈으로 낙인이 찍히게 마련인 것이다.

문인은 누구나 제일인자 의식을 갖고 있다. 갓 등단한 신인에서 평생을 창작 생활에 보낸 원로에 이르기까지 모두 그 나름대로 자기야말로 이 세상에 없어서는 안될 아주 중요한 시인이고 작가이며 비평가라고 생각하고 있으며, 이런 엘리트 의식이야말로 어쩌면 창작의 원동력인 지도 모르겠다.

그러나 문인 개개인마다 그런 의식을 존중하면서 상대해야 하는 편집자의 처지에서는 여간 고역이 아니다. 예를 들면 나보다 못한 아무개 작품은 실으면서 어째서 내 작품은 싣지 않느냐고 시비를 거는 사람도 더러 있다. 장소와 분위기에 따라 기분 나쁠 때도 있고 그렇지 않을 때도 있지만, 대개는 마냥 좋은 얼굴을 하고 부드럽게 넘어가야 신상에 이롭다. 그가 어떤 경로로 문인이 되었고, 또 무슨 작품을 썼든, 하나같이 제일인자라고 자부하고

있는 그 문인들을 상대로 하여 시비 곡절을 따지려 들었
다가는 경을 치이게 마련이다. 그래서 나는 더러 문예지
편집자라는 직책이 어쩌면 숙명인지 모른다는 가당치도
않은 생각에 빠져들어 혼자 비시시 웃어 버릴 때도 없지
않았다.

내 작품의 뒤안길

도서출판 창작예술사에서 펴낸『오월에서 사월까지』에는 12편의 작품이 수록되어 있다. 그 중에서 〈우울한 희극(喜劇)〉은 260매에 이르는 중편소설이고, 나머지는 모두 단편소설이다. 그동안 발표한 작품들 가운데서 나의 작가적 편린을 대충이나마 엿볼 수 있는 것들을 우선적으로 골라 실었다.

여기에 실리지 못한 다른 작품들은 마음에 들지 않았거나, 또 질이 떨어진다고 생각해서 의도적으로 보류시킨 것은 아니고, 역시 지면의 제한 탓이었는데, 어쨌든 〈사설문담(辭設文談)〉을 제외한 나머지 11편은 애초 발표했던 작품의 본모습과는 달라진 부분이 상당히 많다. 문장이 달라진 것은 부지기수이고, 심지어 어떤 부분은 빼 버리고 또 어떤 부분은 새로 써 넣기도 해서 기본 골격 자체가 바뀐 점도 없지는 않으나, 소속감을 잃고 방황하는 인간의 소외 의식을 그렸다는 공통점은 견지하고 있다 하겠다.

나는 이태 전까지만 해도 소설집 발간에 그다지 신경을 쓰지 않는 편에 속했다. 발표한 작품들이라는 게 어디 내놓고 자랑할 만한 주제도 못된다는 가당치도 않은 겸양의 뜻도 작용했고, 새로 쓴 신작도 아닌 옛 작품을 단지 한 권에 모아 묶는다는 것이 무슨 의미가 있겠느냐 하는 터무니 없는 회의론도 없지 않았다.

그런데 세월이 흘러 문단 생활 8년째로 접어들고 보니 이런저런 자리에서 소설집 이야기가 자주 대두되었고, 소설집 하나 없다는 사실이 뭔가 자꾸 어색하기에 이르렀고, 아하, 이거 쓸데 없는 '겸양'이나 '무의미'를 논하고 있을 한가한 계제가 아니구나 싶던 차에 창작예술사 주간이며 소설가인 황충상(黃忠尙) 형의 고마운 제의가 있었다. 잘됐다 싶어 염치없이 응하기에 이르렀고, 기왕 낼 바에는 개작(改作)도 불사한다는 방침을 세웠고, 그것을 실천에 옮기려고 무던히 애를 쓰기는 했지만, 그 결과에 대하여는 아직도 미심쩍은 부분이 많다는 가책도 쉽게 버려지지 않는 처지이다. 기회가 생긴다면 나는 또 다시 고쳐 쓸 작정이다.

단편 〈겨울 우화(寓話)〉는 80년 12월 〈현대문학〉에 발표한 작품이다. 10·26 사태 이후 격변기에 처했을 때, 우리 정치인들의 군웅 할거는 마치 춘추전국시대를 방불케 하는 면모를 유감없이 발휘하였고, 다 아다시피 서로

저 잘났다고 버성기다가 결과가 참 한심하고 우습게 되지 않았던가.

저러는 게 아니다. 저래서는 안된다. 걱정이 앞서 가는데, 아니나 다를까 5·17 이후 사태는 급변하고 말았고, 저 잘났다고 큰소리 뼝뼝 치던 정치인들은 하루 아침에 이런저런 사연들로 꽁꽁 묶여 버렸다. 참 우습고 한심한 일이었는데, 이걸 풍자로 구체화해 보면 재미있겠다 궁리를 하던 끝에 내가 대학다닐 때 경험했던 학생회장선거를 차용하게 되었다.

연영과에서 한 사람, 문창과에서 두 사람이 학생회장선거에 입후보한 것도 사실이고, 내가 문창과 모 후보자의 선거 참모로 동분 서주한 것도 사실이고, 문창과 두 후보자를 단일 후보로 압축하기 위해 치른 소위 '예비선거' 역시도 사실이고, 치열한 선거 바람을 보다 못한 학교 당국에서 선거 자체를 아예 무기 연기시켜 버린 것도 사실이다.

다만 문창과 '예비선거'에서 '내'가 상대편 후보자를 지지하는 표를 던져 배신자로 돌아선 행위라든지, 학생시인 '이길용'의 등장은 허구이고, 등장 인물 세부 묘사도 물론 허구였다. 보통의 소설에서는 나레이터인 '나'가 흔히 미화되는 경우가 많은데, 좀 색다르게 쓰고 싶다는 의욕이 '나'를 형편 없는 인물로 전락시켰는데도 불구하고 이 소설의 사건이 원체 알 만한 모델이 있다 보니, 오라, 이 자식이 그 때 그런 술수를 부린 장본인이었구나 하고 뒤늦게 오해하는 친구가 없지 않아 발표 직후 몹시 곤혹스러웠던 경험이 있다.

그건 그렇고, 이 작품의 진짜 작의(作意)는 앞서도 설명한 바와 같이 10 · 26 사태 이후에 보여준 우리 정치인들의 한심한 행티를 겨냥한 풍자였음에도 불구하고, 그런 나의 의도를 알아차린 사람들이 사실은 거의 없었다. 작품의 좋고 나쁨을 이야기하자는 게 아니라 사실이 그렇다는 이야기다.

대학을 졸업하고 스포츠 전문 잡지 기자로 6개월간 일한 적이 있는데 이 잡지가 졸지에 폐간되었다. 누구라 하면 다 알 만한 당시의 세력자가 창간을 했고, 유력 기업체 회장이 발행비를 부담한 것도 사실이다.

지금도 그렇지만 그 당시는 전문 잡지가 원체 팔리지 않던 시절이다. 경리 담당자의 이야기를 들어 보면 매월 100만 원 이상 결손을 본다는 이야기였다. 70년대 초기 이야기니까 굉장한 금액이다. 운수업을 하는 그 기업체 회장님 처지에서 보면 골치 아프기 짝이 없는 잡지였는데, 기사 하나가 말썽을 부려 모처에 몇 번 불려 다닌 그 회장님께서 그만 화가 머리끝까지 치민 나머지 폐간을 선언해 버렸다. 말하자면 울고 싶은 사람이 뺨을 맞은 격이었다.

이 때, 여기에 몸담고 있으면서 벌인 직원들의 알력을 소재로 삼아 당시 사회적으로 초점이 되었던 여성근로자들의 시위와 결부시켜 만들어 본 작품이 중편소설 〈우울

한 희극)이다. 매수가 길다 보니 발표할 지면을 얻기가
힘들었고, 그래서 앞부분은 작가 동인(作家同人)2집에,
나머지 부분은 〈현대문학〉에 나누어 싣는 분주를 떨어서
겨우 햇빛을 보았는데, 이번 소설집에서는 한데 묶어져
불구의 신세를 면하게 되었으니, 천만 다행이랄까.

〈건널목 뛰어넘기〉나 〈사자(死者)의 춤〉도 모델이 있는
소설이기는 하지만 소설은 역시 수기(手記)나 전기(傳
記)가 아니고 창조적 허구가 불가피한 만큼 앞의 〈겨울
우화〉와 마찬가지로 실제 사실과는 많이 다르다.

앞에서 나는 작품의 상당 부분을 고쳤다고 고백했는데,
내용만 고쳐 쓴 것이 아니라 제목이 바뀐 것도 있다.
150매에 이르는 중편급 소설 〈탈〉이 우선 그 범주에 속
한다.

이 작품이 발표된 직후 모 문예지 편집자가 사회 저명
인사 한 분의 이름을 대면서 그 사람의 이야기를 쓴 작품
이 아니냐고 묻는 바람에 깜짝 놀란 적이 있다. 상대는
이름을 밝히면 누구나 알 만한 저명인사이고, 한번도 상
면한 적은 없지만 나 역시 그 분을 존경하고 있었기 때문
이다. 내가 존경하는 그 분이 내 소설 속 주인공과 같은
이중인격자가 아니기를 바라고는 있지만, 혹 그것이 사
실이라면 우연의 일치에 지나지 않는다.

이 작품은 또 모 방송국에서 표절하여 단막극으로 방영
한 덕분에 본의 아니게도 신문 기사로까지 보도가 되는
수난을 겪어 기분이 개운치 못해 하다가 이번 소설집을

발간하면서 원래의 제목 〈탈춤〉을 〈탈〉로 바꿔 버렸다.

표제 〈오월에서 사월까지〉는 애초 발표할 당시는 〈건강한 환자(患者)〉였으나 내세울 표제가 마땅치 않아 어거지로 바꾼 경우이다. 처음에는 〈이명(耳鳴)〉을 표제로 내세울 셈이었는데, 책 제목이 너무 딱딱하고 어렵다는 친구들의 거센 충고에 밀려 후퇴하다 보니 선뜻 대타로 내세울 만한 제목이 없었다. 그래서 작품의 주제나 성격으로 보아 〈건강한 환자〉라는 제목이 늘 마음에 거슬려 온 것도 사실이고, 그렇다면 이놈을 아예 삼진 아웃시켜 버리자고 궁리한 끝에 제목을 〈오월에서 사월까지〉로 바꾸었고 이것이 결국은 표제로 승격하는 홈런이 되고 말았다. 그렇게 바꾸고 나서의 감상은 썩 잘 바꾸었다는 느낌이다.

책이 안 팔리면 저자는 공연히 출판사 측에 미안해진다. 초판이나 나가 주었으면 하는 마음이 간절했는데, 이 형편 없는 책이 초판 발행 한 달만에 재판을 찍는 체면치레를 해주었다. 재미 없는 책이나마 사서 읽어 준 독자들이 고마울 따름이다.

나의 문학 수업기

　나의 문학 수업은 대충 3단계로 나누어 이야기할 수 있다. 첫째는 고등학교 시절이고, 두번째는 대학 시절, 그리고 마지막 세번째는 사회에 나와 직장 생활을 하면서 친구들과 어울려 가졌던 수업기인데, 내가 작가의 한 사람으로 문단 말석이나마 차지할 수 있었던 것은, 나의 우둔한 문학적 재능을 일깨워 주는 데 결정적인 '역할'을 베풀어 준 몇몇 고마운 사람들과의 만남에서 비롯된다.

　탄광촌으로 알려진 태백시에서 중학교를 나와 유학을 간 곳이 강릉이었다. 전신이 사범학교인 강릉고등학교에 진학해 보니, 거기에 시인 원영동(元永東) 선생님께서 국어를 담당하고 계셨다. 선생님은 내가 세상에 태어나 만난 최초의 문인이었다. 중학교 시절에 소설 비슷한 글을 써서 학원이란 학생잡지에다 이름 석 자를 올려 본 이

력을 밑천삼아 겁도 없이 문예반을 기웃거리게 되었는
데, 그런 애벌레 하나를 선생님께서는 특별히 은혜로운
관심의 눈길로 보살펴 주셨다. 그 선생님을 따라 몇 군데
의 백일장에 나가 입상의 영예를 누렸고, 그런 과정을 통
해서 나는 막연하게나마 장차 소설을 쓰는 작가가 되었
으면 좋겠다는 희망 사항을 가슴 깊이 간직하게 되었다.

그러나 내가 2학년이 되었을 때, 선생님께서는 서울로
훌쩍 떠나시고 말았다. 당시 몇몇 대학에서는 고등학생
을 상대로 백일장이나, 문예 작품을 모집해서 당선된 학
생들을 특기장학생으로 선발하는 제도가 마련되어 있었
다. 나는 그 관문을 통해 대학에 들어갈 작심을 진작부터
굳혀놓고, 입시공부는 뒷전으로 밀어 둔 채 습작이나 문
학작품 탐독에 더 열중하면서 선생님의 귀염을 독차지할
엉뚱한 수작이나 부리고 있었던 나로서는 적잖은 충격이
었다. 그렇다고 뒤늦게 방향을 바꿀 수도 없는 노릇이었
다. 나는 열심히 글을 써서 거의 매월 '학원'에다 투고를
했는데, 작품이 실리면 그만큼 희망이 부풀었고, 반대로
가작란에도 들지 못하는 달은 상대적으로 말할 수 없는
실의와 좌절의 늪에 빠지기를 반복했다.

이듬해 초여름 데모 열풍이 전국을 강타했을 때, 조기
방학이 실시되어 나는 태백시 친가로 돌아갔다. 무덥고
지루한 50여 일의 방학 동안 나는 약 1천매에 가까운 장
편과 70여 매짜리 단편을 썼는데, 〈도주〉라는 그 단편이
서라벌 예술대학 주최 고등학생 문예콩쿠르대회에서 김

동리(金東里) 선생님의 선에 의해 당선되었다. 데모 주
동자로 낙인이 찍혀 가까스로 퇴학을 모면했던 요주의
문제아가 이 일로 해서 하루 아침에 의기 양양한 스타가
되었던 것은 물론이다.

솔직히 고백하겠다. 특기장학생으로 선발되어 서라벌
예술대학 문예창작학과에 입학한 나는 약간의 우월감에
젖어 있었다. 바로 위 학년에 작가 이동하, 시인 김형영
형이 포진하고 있었는데, 1년 후면 나도 그들처럼 학생
작가의 면모를 유감 없이 보여 주리라는 터무니 없는 시
건방을 나는 여러 모로 과시하고 있었다.

50여 명의 학생들 가운데서 나중에 문단에 나온 소설
가만 손꼽으면 오정희, 이경자, 윤정모, 이우선, 김희원,
장경호 등이 나의 동기였다. 그 중에서 오정희와 이경자
는 나와 동인회 비슷한 모임을 만들어 작품합평회를 통
해 호흡을 함께 했던 가까운 친구들이었다. 두 사람은 학
교 앞에다 정한 내 하숙집에도 스스럼없이 드나들었는
데, 각자 써 가지고 온 작품합평회에 들어가면 당돌할이
만큼 꽤나 신랄했던 것으로 나는 기억하고 있다. 그러거
나 말거나 앞서 이야기한 것처럼 잔뜩 겉멋만 들어 있던
나는 늘 그들을 한수 접어놓고 상대했는데, 그 죄값을 치
르느라고 그랬는지 정작 문단에 나오기로는 세 사람 중
내가 가장 뒤늦었다.

내가 3년간의 군복무를 마치고 복학했을 때, 이미 신춘

문예를 통과해 당당한 작가로 입신한 오정희는 문예창작
학과 조교로 재임하고 있었다. 그러니까 입학동기생이
이제는 학생과 선생님 사이로 변해 있었던 것이다. 게다
가 오정희는 주목받는 신인의 한 사람이었고, 나는 아직
도 장래가 불확실한 신춘문예 준비생에 불과했다. 든든
한 동기생 선생님 덕분에 여러 모로 득을 본 것은 사실이
지만 골인 지점 앞에서 추월당한 마라톤 선수의 절망적
인 좌절감 비슷한 마음고생도 함께 겪어야 했다는 사실
을 숨기지 않겠다.

신춘문예 최종심에서 낙방의 고배를 마신 그 해에 학교
를 졸업했으나 그 놈의 취직이 영 불투명했다. 비싼 하숙
비 조달이 어렵다고 해서 다 뿌리치고 시골 친가로 내려
갈 처지도 아니었다. 어떻게든 서울에 빌붙어 뭉기적거
려야만 실낱 같은 가능성이라도 붙잡을 것 같았다. 그 구
세주가 시인 김년균 형이었다.

그 무렵 형은 월간문학사에 근무하고 있었는데, 미아리
달동네에다 방 하나를 세들어 혼자 살고 있었다. 문예창
작과 동기생이기는 하지만 군복무를 마치면서 대학에 들
어온 그 형이 나의 딱한 사정을 알고 일단 자기 집에다
거처를 정해 놓고 차차 진로를 모색해 보자고 제의했다.
나로서는 고맙기 짝이 없는 호의였다.

끼니는 대개 미아리 길음시장에서 매식(買食)으로 때
웠고, 형이 출근하고 나면 나는 어두컴컴한 그 빈방으로

혼자 돌아갔다. 책상 앞에 붙어 앉아 작품을 쓴답시고 고심했지만 여름날 뿌리 뽑힌 고구마 줄기처럼 심신이 고루 시들어 버린 나머지 이렇다 할 진척은 없었다. 그런 가운데서도 그 당시에 쓴 약 5백매의 중편 하나를 기념삼아 지금도 나는 가지고 있는데, 어디에도 내놓을 형편이 아닌 엉터리 작품이었다. 그 엉터리 작품을 싫증도 안내고 끈기 있게 읽어 주던 김년균 형의 그 무던한 모습이 지금도 생생하다.

두어 달을 그렇게 버티고 나서 이동하 형이 소개해 준 모 스포츠 잡지에 취직이 되었다. 그러나 그 잡지사가 문을 닫는 바람에 출근 6개월만에 다시 실직자가 되고 말았다. 이동하 형이 다시 소개를 해서 이번에는 김원일 형이 부장으로 재직중인 국민서관이라는 출판사에 입사했다. 아동물 출판사인데 걸핏하면 야근이었다. 나는 거기서 4년 6개월을 근무했고, 덕분에 상당한 직책도 맡게되었다.

그러던 어느 일요일 오후였다. 아내를 따라 병원에 갔는데, 차례를 기다리는 동안 대기실에 굴러다니는 잡지 한 권을 집어 뒤적거리다가 거기서 당선 작품을 보았는데, 그것이 그 즈음 싸늘하게 식어 버린 나의 문학혼에 불씨를 당겨 주었다.

'나는 지금 어디서 무엇을 하고 있는가.'

나는 지난 3년간 문학과는 거의 의도적으로 담을 쌓고 지낸 스스로의 배신 행위가 당치도 않은 패배주의자의 자기 기만적 자학(自虐)이었음을 깨닫게 되었다. 나는 그로부터 오래잖아 사직서를 제출하는 결단을 내렸다. 그 때 이미 돌을 지난 아이까지 거느린 가장으로서는 참으로 무책임한 행위에 다름 아니라는 사실을 인식하지 못했던 것은 물론 아니었다. 그러나 거듭나기 위해 스스로에게 가하는 채찍으로서는 그 이상 가는 다른 충격 요법이 전무하다는 판단이었다.

단칸 셋방에 들어앉아 글을 쓰기 시작했다. 하지만 그것은 내일에 대한 아무 보장이 없는 불확실한 일말의 '가능성'과의 고달픈 씨름의 연속이었다. 나는 시시각각으로 엄습하는 처절한 불안감과도 싸워 이겨야 하는 이중고에 시달리지 않으면 안되었다. 다른 무엇보다도 먹고 살아야 한다는 현실적인 숙제 앞에서는 더더욱 모든 것을 무기력하게 만들었다. 나는 결국 생계 유지의 수단으로 김문수 형이 재직하는 출판사에 연줄을 대어 아르바이트를 하게 되었는데, 거기서 내 생애에 잊을 수 없는 몇 사람과의 교우가 시작되었다.

처음 만난 사람이 윤후명이었다. 이 친구를 통해서 유익서를 알게 되었고, 이어 황충상과 이채형을 만났다. 윤후명은 이미 기성 시인이었지만 유익서, 황충상, 이채형은 냉담하기 짝이 없는 문단이란 대문 앞에서 문전 축객의 서러움을 뼈저리게 경험한 만년 문학도였다. 동병 상련의 우리는 급속히 가까워졌고, 누구의 제안이었는지는 지금 기억에 없지만, 하여간 우리는 월 1회씩 습작품에 대한 합평회를 갖는 모임을 결성하기에 이르렀다. 약 1년 정도 그런 작품합평회를 통해 우리는 조금씩 성장했고, 다소 시기의 차이는 있지만 우리 네 사람 모두가 그토록 동경해 마지 않던 작단에 얼굴을 내밀게 됨으로써 그 지루하고 암담하고 차라리 처절하기까지 했던 힘겨운 문학수업기에 종지부를 찍고 오늘에 이르렀다.

그러나 과연 문학수업기가 끝났다고 단언할 수 있을까 하는 점에 접어들면 나는 아직도 결론을 유보할 수 밖에 없다. 위장된 겸손이 아니다. 문단에 나와서 만난 내 사랑하는 '작가동인'들도 내 문학 수업에 미친 영향이 한두 가지가 아니었고, 어쩌면 이 위치에서 서성거리는 지금도 사실은 내 문학수업의 연장이라는 생각을 배제할 자신이 없다.

나의 데뷔작

나의 데뷔작은 〈사자의 춤〉이다. '처남이 죽었다.' 시
작되는 이 작품의 서두를 놓고 나는 한동안 고민했다.
'오늘 어머니가 죽었다.'로 시작되는 까뮈의 〈이방인〉을
모방했다는 오해를 살 우려가 없지 않았기 때문이다. 더
우기 내 작품 〈사자의 춤〉도 까뮈의 〈이방인〉처럼 일인칭
소설이고, 실제로 그 무렵 까뮈는 나의 우상이었다.

그러나 〈사자의 춤〉과 〈이방인〉은 분위기가 전혀 다른
이야기일 뿐만 아니라 주제도 물론 다르다. 나는 여러 번
고쳐 쓰다가 결국은 '처남이 죽었다.'는 첫줄을 지워내
지 못하고 말았다. 그 첫줄을 삭제하면 도입부가 어쩐지
엉성할 것 같은 느낌이 들었던 것이다.

이 작품에 대해 어느 자리에서 평론가 권영민은 이렇게
진단한 적이 있는데, 내가 내 작품을 놓고 이러쿵 저러쿵
실없는 군소리를 자꾸 늘어놓는 쑥스러움을 모면해 볼

방편으로 여기에 인용하겠다.

— 〈사자의 춤〉은 인간관계의 특이한 양상을 추적하고 있는 작품이다. 이 작품의 주인공은 집을 뛰쳐나가 버린 아내때문에 여러 가지 고통을 당한다. 그런데 처남이 죽었다는 소식을 듣고 처가집에 찾아가게 된다. 처남의 장례식에 아내가 다른 사내와 함께 나타난다. 병을 얻어 세상을 일찍 떠난 처남을 위해 집안에서 벌이는 무당굿에서 주인공은 신장대를 잡는다. 소설의 끝장면은 신장대를 잡고 있던 주인공에게 혼백이 내려 예기치 못했던 소동이 벌어지고, 결국은 아내와 함께 나타난 사내에게 주인공이 구타를 당하는 것으로 되어 있다. 주인공과 아내의 인간 관계가 완전히 깨어지는 순간이 바로 그 장면이다. 소설 〈사자의 춤〉에서 주목되는 것은 우선 인간 관계의 근본적인 요건이 되고 있는 신뢰와 사랑의 결여 상태를 문제삼고 있다는 점이다. 이러한 문제는 사회적인 병리 현상의 하나라고 할 수 있는데, 작가 정종명은 자기 풍자의 방법으로 그런 현상에 접근하고 있다.—

나의 다른 작품들과 묶어서 논의했고, 또 평론가는 때로 작가가 의도하지 않았던 점까지도 착안하는 법이기는 하지만 이 작품을 두고 '사회적인 병리 현상' 운운한 대목은 내가 미처 의식하지 못했던 점이다. 그의 진단에 반발하는 것은 아니지만 보는 사람에 따라 이렇게도 판독이 되는구나 하는 점을 알게 되었달까. 작가인 내가 애써 해명한다면 이 작품은 샤머니즘 이상도 이하도 아니라는 점이다.

사람이 죽고 나서 무당을 불러 하는 굿을 진오귀굿이라고 한다. 집가심이라고도 하는데, 사람이 죽은 집을 무당이나 판수를 시켜, 악기(惡氣)를 깨끗이 가시어 물리치기 위해 굿을 한다. 다분히 미신적인 행사인데, 여기에 등장하는 대부분의 인물들은 모델이 있다. 나는 직접 진오귀굿을 본 적이 없으나 처남이 마흔 아홉살에 죽었을 때, 그 장례식에 참석하고 뒤늦게 돌아온 아내가 "무당이 초상집에 와서 굿을 했대요."하고 다소 못마땅한 어조로 말한 것이 이 작품의 모티브가 되었다. 처음 그 말을 듣는 순간 뭔가 물건이 되겠구나 라는 느낌이 들었고, 실제 모델도 있고 해서 비교적 빠른 속도로 씌어졌다. 마지막으로 여기에 작품 일부를 소개하겠다.

——나는 추적추적 춤을 추기 시작했다. 내가 춤을 추기 시작한 것은 아내가 끝까지 내 앞에 나타나지 않을 경우 그녀를 찾아 온 집안을 샅샅이 뒤질 속셈이었다.

"기왕 말이 나왔으니 하는 말이지만 그년은 남편과 주렁주렁 매달린 자식새끼를 길바닥에다 내팽개치고, 살던 집까지 팔아 저 좋아하는 사내놈과 도망친 년이란다. 세상에 그런 나쁜년이 또 어딨냐"

나는 내림대를 휘두르며 버럭버럭 고함을 질러댔다. 예의 그 낯선 사내가 엉거주춤 일어선 것은 그 다음 순간이었다.

나의 작품 취재기

  평소에 잘 안 하던 짓을 하려 해서 그랬을까. 나는 작품을 쓸 때, 소위 현장 취재라는 것을 거의 하지 않는 편에 속하는데, 장편소설 〈아들 나라〉를 연재할 당시 피할 수 없는 문제에 부딪혔다. 주인공이 조직폭력배에 휘말려 경찰에 쫓기는 대목이 있었다. 안마시술소에서 만난 여자 안마사를 꾀어 동반 도주를 시도해야 하는 장면을 그려야 했는데, 나는 그런 곳에서 안마를 받아 본 경험이 없었다. 참고할 만한 자료를 이것저것 뒤적거려 보았으나 영 실감이 나지 않아서 혼자 고민을 하고 있던 차제에 마침 중학교 동창생을 만나 술을 마시게 되었다.
  "안마 받아 본 적 있나?"
  지나가는 말로 한마디 물어 본 것이 화근이었다.
  "그게 뭐 그리 어렵냐. 말난 김에 지금 같이 가 보자. 니 작품 쓰는데 그 정도는 내가 도와 줘야 안 되겠나."

부추기는 바람에 어물어물 따라나서게 되었다. 물론 사전에 얻어 들은 이야기는 없지 않아 안마시술소라는 곳의 분위기는 대충 짐작하고 있었고, 소주를 한 병쯤 마신 뒤끝이라 간이 약간 부어올라 있었던 것도 사실이다. 게다가 그 날은 모 출판사에서 받은 백만원짜리 수표가 두 장이나 호주머니에 들어 있었다.

그런데 그 친구가 안내해 들어간 안마시술소라는 곳은 내가 사전에 상상했던 것과는 분위기가 영 딴판이었다. 그야말로 아슬아슬한 미니 스커트를 차려 입은 아가씨들이 다가왔는데, 지나가는 손님들을 막무가내로 붙잡고 늘어지는 청량리 오팔팔 아가씨들과 흡사했다. 내가 어리둥절하여 머뭇거리는 사이에 친구는 팔짱을 끼고 매달리는 아가씨와 함께 앞서 걸어가면서,

"그럼 이따가 보자." 하고 유유히 사라져 버렸다. 그 사이에 내 팔을 잡고 있던 아가씨가 생글생글 웃으면서 말했다.

"따라오세요."

그 여자는 나를 이층으로 데리고 올라갔다. 붉은 카펫이 눈부시게 빛나는 계단을 올라가자 여자는 다시 삼층 계단을 향해 올라갔다. 그 때 나는 호주머니에 든 수표에 신경이 쓰였고, 껌을 소리내어 씹는 아가씨가 마음에 들지 않았고, 스치며 지나가는 아가씨들과 손님들로 하여 어수선한 분위기가 영 불안했다. 이게 아니다 싶어진 나는 동행했던 아기씨에게 양해도 구하지 않은 채 혼자 도로 아래층으로 내려와 카운터로 다가갔다. 거기에는 얼

른 보기에도 주먹깨나 씀직한 청년 서너 명이 텔레비전을 보고 있었다. 나는 그들에게,

"조금 전에 나와 함께 왔던 친구를 좀 불러 주셨으면 합니다." 하고 요청했는데, 그들중의 하나가 마지못한 동작으로,

"어떤 손님?"

대뜸 시비조의 반말이었다. 내가 안마를 받지 않고 도로 나가려는 것을 벌써 눈치챈 듯했다. 괘씸하기 짝이 없었지만 나는 치솟는 분노를 지그시 눌러 참고 이러저러한 사람이라고 열심히 설명해 주었다.

"여기 손님이 어디 한둘인 줄 아세요? 밖에 나가 기다리든지 말든지 당신 꼴리는 대로 해."

어투가 너무 노골적이었다.

"당신 어투가 왜 그 모양이야?"

나도 기어이 언성을 높이고 말았다. 해서 시비가 벌어졌고, 결론을 말하자면 경찰차가 와서 나를 파출소로 연행하기에 이르렀는데, 막상 파출소에 가서 보니 나는 남의 영업장에서 행패를 부려 영업을 방해한 죄인으로 몰려 있었다. 나는 하도 기가 막혀 두서 없이 전후 사정을 피력했지만, 담당경찰관은 내 말은 처음부터 귀담아 들을려고도 하지 않았다.

"떠들지말고 저쪽 구석에가서 얌전히 앉아있어. 알았나?"

턱으로 나무 의자를 가리켰다.

"내 말은 한마디도 듣지 않고 저쪽 사람들 말만 듣고 당신 마음대로 조서를 꾸며도 되는 겁니까?"

"이 새끼야, 떠들지 말랬잖아. 내 말이 안 들려?"

"당신은 민주 경찰이고 나는 민주 시민입니다. 민주 경찰이 민주 시민한테 이런 식으로 대접해도 되는 겁니까?"

"이 새끼 이제 보니까 대개 똑똑한 척하네. 그래, 민주 경찰이 민주 시민을 이렇게 대접한다. 어디 맛 좀 볼래?"

경찰관은 내 종아리를 구둣발로 걸어차서 쓰러뜨리고, 그러고도 분이 풀리지 않았는지 두 손으로 내 목을 힘껏 죄어 눌렀다. 주변에 방범 대원이 두 명이나 있었지만 그들은 그런 경찰관을 만류할 생각도 않았다. 나는 실신 직전에야 겨우 경찰관의 손아귀에서 풀려났는데, 다시는 항거할 엄두를 내지 못하고 딱딱한 나무 의자에 누워 있다가 오밤중에 구로경찰서로 넘겨졌다.

이튿날 오전에 어찌어찌해서 풀려나는 길로 나는 병원에 가서 치료를 받았는데, 그로부터 무려 일 주일 동안 목구멍의 통증 때문에 겨우 물만 삼키며 지내야 했다. 내 이야기를 들은 친구들이 진단서를 떼어 경찰관을 고발하라고 부추겼지만 나는 포기하고 말았다. 솔직히 말하자면 나는 다시는 경찰서 부근에도 가기 싫을 정도로 심한 공포증에 한동안 시달렸던 것이다.

지금도 나는 그 때의 일을 떠올리면 온몸이 굳어지는 전율을 느낀다. 내게 허물이 좀 있었다손 치더라도 사람이 어쩌면 그렇게까지 잔인할 수가 있는지, 도저히 짐작이 가지 않는다. 참으로 무서운 사람들이다, 우리의 사랑하는 민주 경찰은!

스승 김동리

　내가 선생님을 처음 뵌 것은 1966년 10월이었다. 장소는 미아리 소재의 서라벌 예술대학 교정이었다. 선생님을 처음 뵙는 순간 내 머릿속으로 두 가지의 희안한 이미지가 스쳐갔다. 그것은 코끼리와 부처님이었다.

　선생님은 키가 작은 편이었고, 몸피 역시 넉넉한 편은 아니었다. 어쩌면 왜소한 편인 그런 선생님을 두고 우람한 코끼리를 연상한다는 것은 당치도 않은 일인지도 모르겠다. 그렇지만 내가 보기에 선생님은 영락없는 코끼리였다. 가만히 생각해 보니까 그럴 만한 까닭이 있기는 했다. 선생님의 작고 예리한 눈매가 코끼리의 눈매와 너무 흡사했던 것이다.

　부처님을 연상한 것은 무슨 연유였을까. 선생님을 만나뵙기 전에 읽은 〈등신불〉 때문은 아니었을까. 소설의 주인공이 곧 작가 자신이라고 굳게 믿고 있던 청소년 시절이었다. 그렇지만 그것이 전부는 아니었다. 선생님은 피부가 더 없이 곱고 맑았다. 그리고 알맞게 살이 오른 외형이 절간에서 본 부처님을 너무 많이 닮아 있었다.

나는 서른 살이 넘어 문단에 데뷔했다. 그 때문에 나는 선생님을 애써 기피하던 시절이 있었다. 데뷔도 못한, 지지리도 못난 제자의 한심스런 몰골을 선생님한테 보여 드리는 것이 죽기보다 싫었던 것이다. 그렇지만 출판사에 재직하는 몸이 되어 직책상 선생님을 찾아 뵙게 되는 기회가 더러 있었다. 그 때마다 나는 쥐구멍이라도 찾아 들고 싶은 심정이었지만, 선생님은 제자 대하기를 더하고 덜 하는 법 없이 늘 한결같았다. 어쩌면 선생님은 데뷔 못한 제자를 마음 속으로는 더 아꼈는지도 모르겠다. 대문 밖에까지 따라나와 가만히 손을 잡아 주시곤 하던 선생님의 자애로운 모습을 나는 지금도 잊지 못하겠다. 내게 있어서 선생님은 언제나 한없이 크신 거인이요, 자애로운 부처님이었다.

결혼할 사람이 주례를 모시기 위해서는 몇 가지 절차가 필요한 법이다. 평소에 두 사람 모두를 잘 알고 있는 경우라면 별문제겠지만 그렇지 못한 처지라면 우선 결혼할 상대자를 주례 선생님한테 사전에 선을 보이는 것이 상식적인 예의에 속한다. 사정이 여의치 못해 사전에 선을 보이지 못했을 때는 결혼식이 끝난 다음에라도 신랑 신부가 함께 주례 선생님을 찾아 뵙고 인사를 드려야 한다.

그런데 나는 선생님을 주례로 모셔 결혼식을 올렸으면
서도 격식 차려 인사를 드리지 못했다. 사전에도 사후에
도 말이다. 끝내 내색은 하지 않으셨지만 속으로 얼마나
황당(?)하게 여기셨을까. 나이 오십이 넘은 지금도 그
일을 생각할 때마다 얼굴이 뜨거워 못 견디겠다.

누가 부추기지 않으면 나는 거의 술을 마시지 않는다.
소주 두 병 정도는 거뜬히 마시는 주량을 자랑하는 내가
이런 말을 하는 것에 스스로도 어폐가 없지 않다 싶지만
사실이 그렇다. 지금도 어디서 술 한잔 하자는 연락을 받
으면 그놈의 지겨운 술을 또 얼마나 마셔야 하나 싶어 은
근히 겁부터 난다. 거듭 말하지만 나는 결코 드러내어 자
랑할 만한 자질의 술꾼은 절대 못된다. 그렇지만 선생님
은 내가 술을 꽤나 잘 마시는 모주꾼으로 알고 계셨다.
무슨 볼일이 있어 댁으로 찾아 뵙게 되는 날이면 선생님
은 나를 그냥 돌려보내는 법이 없었다. 당신은 원래 정종
을 즐겨 마시는 편이었지만 내게는 희안하게도 매번 양
주를 권하셨다. "딱 한잔만 마셔라."
　자못 황송한 얼굴로 술잔을 냉큼 비우고 나면 선생님은
"한잔 더." 또 술잔을 채워 주셨다. 도리없이 그것마저
얼른 비워내면 선생님은 술병을 이리저리 살펴보시면서
"아직 남았다. 한잔 더해라." 하셨다. 이런 식으로 한 잔
두 잔 받아 마시다가 어느 날엔가는 양주 한 병이 숫제
바닥을 드러내고 만 적이 있었다. 한번은 내가 댁으로 찾

아 뵈었을 때 선생님께서 마침 급히 출타를 하실 일이 생겼는데, 외출 차비를 해야 하는 그 바쁜 경황에도 선생님은 술병을 찾아 들고 나와 "이거 집에 갖고 가서 마셔라." 하셨다.

만년에 선생님은 때로 나를 청담동 댁으로 부르셨다. 가 보면 나 말고도 서너 명 정도의 술꾼이 불려 와 있었다. 선생님은 정종을 손수 데워 권하셨다. "저는 술 잘 못하는데요." 더러 노골적으로 사양하는 사람도 없지 않았다. 그러면 선생님은 "안다." 하시면서도 기어이 잔을 채워 주셨다. 선생님은 누가 몇 잔의 술을 마셨는지도 정확히 알고 계셨다. "내가 다 안다. 정 군은 이번이 다섯 잔째다."

술자리가 어느 정도 무르익게 되면 누래부르기가 곁들여졌다. 매번 선생님께서 먼저 분위기를 잡으셨다. "이제부터 돌아 가면서 노래부르기 하자." 선생님은 주로 흘러간 유행가를 불렀는데, 차례가 되면 한번도 그냥 지나치신 적이 없었다. 내가 보기에 선생님의 노래 솜씨는 그리 좋은 편이 못되었다. 그렇지만 선생님은 가수 못지않게 진지한 표정으로 노래를 아주 열심히 부르셨다. 그 모습이 지금도 선하게 눈앞에 떠오른다. 지금 선생님은 어디서 어떤 사람들과 어울려 무슨 노래를 부르고 계실까. 외롭지 않게 찾아 뵙는 제자가 많았으면 좋겠다.

작가 일기

82년 2월 25일

윤재근, 김재홍, 조남현 세 분이 현대문학 사무실에서
「비평문학의 현재를 말한다」라는 주제를 가지고 좌담
을 가졌다. 지난 2월호에 실린「한국 소설의 현재를 말한
다」와 3월호에 실린「한국 시의 현재를 말한다」에 이어
현대문학 4월호에 실릴 특별 기획물이다.

세 사람이 좌담을 갖는 동안, 나는 옆에서 녹음도 할 겸
처음부터 끝까지 주의깊게 들었다. 70년대 비평이 다분
히 섹트적이었다는 지적과 근래에 범람하고 있는 고발소
설 및 상업소설에 대한 진단과 비판, 그리고 시(詩)가 산
문적인 경향으로 흐르고 있음을 우려하는 이야기가 주로
대두되었다. 그리고 숙련된 문장과 이야기꾼으로 만족하
는 작가들이 우리 문단에서 활개를 치고 있는 현상을 개
탄하면서, 그들은 특히 '작가들이 공부를 해야 한다'고

신랄하게 비판했다.

작가들이 공부를 하지 않는다는 비난은 무슨 뜻인가. 인생에 대해 깊이 생각하고 관조하는 태도가 결여되어 있다는 말로 나는 받아들였다. 곁에서 잠자코 듣고 있자 니까 은근히 기가 질리는 느낌을 어쩔 수 없었다.

작가는 스토리 텔러로 머무는 것을 경계해야 하겠지만, 그래도 소설은 역시 이야기여야 한다는 점을 나는 의심 하지 않는 편이다. 누보로망의 작품도 따지고 들어가면 어떤 이야기와 맥락이 닿지 않는가. 이야기를 모호하고 난해하게 전개할 뿐이지 궁극적으로 모든 소설은 이야기 이다. 헤쳐 놓은 껍질과 노른자와 흰자를 원상으로 복구 시켜 놓으면 결국 달걀인 것과 마찬가지 아닐까.

82년 3월 13일

학촌 이범선 선생께서 운명하셨다. 전상국, 유재용, 김 원일, 김용성 제씨들과 함께 답십리 자택에 마련된 빈소 에서 분향했다. 영정이 아주 이채로왔다. 흔히 사용하는 흑백 사진이 아니라, 원고지를 앞에 놓고 모시 한복 차림 으로 잔뜩 멋을 내어 찍은 천연색 사진이었다. 평소의 그 다운 깨끗한 모습이, 약간 수줍어 하는 듯한 미소를 띠면 서 사진 속에서 금방이라도 뚜벅뚜벅 걸어나올 것 같은 착각이 들었다.

한양대학교 문과대학장으로 취임하는데 필요한 관계 서류를 받아다가 현대문학사에 갖다 놓아 달라는 윤재근 선생님의 부탁을 받고 집에 가는 길처의 학촌선생댁을 방문한 것이 지난달 21일 저녁. 그 날 선생님은 사모님을 불러 우정 술상을 차리게 하고, 외국어대학에서 한양대학교로 가시게 된 경위와 심경, 그리고 현대문학 편집에 관한 개인적인 견해 등을 비교적 소상하게 피력하셨는데, 그것이 내가 마지막 본 선생님의 마지막 모습이 되고 말았다.

선생님의 추천을 받아 문단에 데뷔한 제주도의 현길언 씨와 함께 밤을 새웠다. 희안하게도 현길언 씨는 학촌 선생님을 너무 많이 닮았다는 생각이 들었다.

83년 6월 30일

오늘 현대문학사를 그만두었다. 1978년 5월에 입사했으니까 5년만이다. 꽤 오랫동안 망설인 끝에 내린 결단이다. 많지 않은 월급이기는 했지만, 그래도 매월 규칙적으로 꼬박꼬박 받아 오던 수입원이 이제 끊어진 셈이다. 아내는 물론 걱정이 태산인 듯한 눈치였으나 별다른 말은 없었다.

이번 일이 나로서는 처음이 아니다. 첫아기 기현이가 돌을 갓 지났을 때다. 재직중이던 국민서관을 그만두고 실직자로 나섰다. 그 당시는 아직 문단에 데뷔하기 전이었는데, 생활 대책 같은 것은 물론 막연한 상태였다. 장차의 생활 대책이 막연한 것은 이번 역시 마찬가지이지만, 그 때와 지금의 사정이 조금 다르다면, 그 때는 문단 데뷔에 목적을 둔 문학도였고, 지금은 보다 좋은 글을 써 보겠다는 작가 입장이라는 점이다.

일부 소수의 인기작가를 제외하고, 글을 써서 원고료 수입으로 생활을 꾸려 나가기란 매우 어려운 실정이란 현실을 난들 모를 리 없다. 그러나 어차피 궁하게 지내기는 직장을 가지고 있어도 별반 다르지 않다는 사실을 감안해 볼 때, 필요하다면 더 늦기 전에 모험도 한번쯤 시도해 볼 만한 가치가 있지 않을까.

망해 보았자, 더 이상 망할 것도 없다는 배짱이 모험을 자청했다고 본다. 지극히 내성적이고, 또 파탄같은 것을 되도록 피하고자 애쓰는 잠재의식 어느 부분에는 당치않은 악마적인 요소도 숨어 있는 것인지 모르겠다. 근래에 들어와 나는 가끔 엉뚱한 생각에 사로잡히는 자신을 자주 발견하곤 한다. 작가는 도덕적으로도 종교적으로도 사회적으로도, 아니 그 모든 것에서 무책임하다는 비난을 들을 정도로 자유로울 필요가 있다는 생각이 그것이다. 그러나 비록 생각은 그렇게 하면서도, 결국은 어떤 일에도 우유부단한 전철을 거듭 밟아 가고야 말는지도 모르겠다. 과연 아무 일도 저지르지 못하고 그냥 주저앉아 버릴 것인가.

85년 3월 25일

「소설문학」에 연재하기로 한 장편소설 「巨人」 제 1회 분 원고 125매를 담당 기자 임동헌 씨에게 오늘 넘겼다.

소설문학사에서는 3, 4회 정도 집중분재를 시도할 작정인 모양이지만, 내가 미처 원고를 쓸 자신이 없다. 미안하기 짝이 없는 노릇이나 12개월 정도 연재할 예정이다.

지금 그 원고는 잃어버렸지만, 고등학교 2학년 때 약 1천매에 이르는 장편소설을 써본 경험이 고작인 나로서는, 이번 연재가 과연 어떻게 전개하여 어디서 마무리를 지을지 자못 궁금하고 두렵기만 하다. 다만 써나가는 동안에 예기치 못한 불상사가 없기를 기원해 보기는 하지만, 세상이 하도 어수선하니, 지레 불안한 것도 사실이다. 낙석(落石)이 사람을 다치게도 하는 세상이니까.

여럿이서 악머구리처럼 한꺼번에 고함을 지르고 있을 때, 갑자기 목소리를 낮추어 이야기해 보라. 사람들은 저 사람이 지금 무슨 이야기를 하고 있는가 하여 정작 자신의 입을 다물고 귀를 기울이려 드는 수가 있다. 그 순간을 이용하여 하고 싶은 이야기를 조용하게, 그리고 분명하게 피력하는 방법도 있지 않은가. 민중이니 실천이니, 함부로 코끝에 내걸고 다닐 일이 아니다. 작가는 운동가가 아니라 예술가이다. 예술가는 어느 일방만을 주장하거나 고집하지 않고, 누구나 공감할 수 있는 보편 타당성 있는 개성을 추구해야만 공감을 획득할 수 있고, 공감이야말로 감동의 원천이라고 생각한다. 가능한 한 목소리를 낮추어라. 목소리가 낮다고 하여 하고 싶은 이야기를 못하는 것은 아니다. 길이 막히면 돌아서 가라. 지금은 목적지에 가 닿는 것이 최선이다.

85년 10월 16일

소설집 『오월에서 사월까지』가 오늘 창작예술사에서 나왔다. 이제 비로소 입문(入門)한 느낌이다. 「사설문담(辭設文談)」을 제외한 나머지 11편은 모두 첨삭을 단행했다. 기회가 주어질 때마다 또 손질해 나가겠지만, 이만큼이라도 고쳐 볼 수 있었다는 것이 나로서는 다른 무엇보다 가장 기쁘고 반갑다.

윤후명, 황충상 씨와 함께 봉은사 앞 막걸리 집으로 갔다. 저물어 가는 흐린 하늘 어딘가에 숨어 있는 마글론을 찾아 젖은 눈시울을 거듭 붉히면서 취하도록 막걸리를 마셨다. 반드시 저녁 한기 탓만은 아니니라. 가슴은 더운데, 시종 온몸이 떨리었다.

88년 10월 4일

박정만 시인 발인식이 오늘 오전 11시 봉천동 그의 자택에서 거행되었다. 올해 43살, 한창 글을 쓸 수 있는 젊은 나이에 타계했다. 유족으로 두 딸과 아들이 하나 있고, 부인과는 오래 전에 이혼한 걸로 알고 있다. 술을 너무 마셔 진작부터 간이 나빠졌다는 이야기는 전해 듣고 있던 터였다. 지난 여름만 해도 술이라고는 입에도 대지 않던 그가 타계 직전에 술을 마셨다는 주변 사람들의 이야기를 전해 들으면서 몹시 안타까웠다.

김남조 유안진 김초혜 김종해 김종철 서정춘 이원하 정성수 감태준 원구식 김명수 김재홍 등 문인들 외에도 고

인의 전주고등학교 동창들과 친척들이 발인식에 참석했
다. 장지는 양수리 어디라고 했는데, 나는 장지까지 가지
못하고 회사로 돌아왔다. 그의 친구 정성수 시인을 통해
유작 5편을 전해받고, 전상국 유재용 제씨들을 김원일
김원우 형제 작가실에서 만났다. 전, 유 두 사람이 「문학
정신」 신인상(소설부문)에 응모한 작품을 심사하고, 그
당선작을 내게 전해 주는 자리였다. 유재용 씨와 바둑을
두었는데, 내가 흑을 잡고 두 판을 내리 이겼다. 나중에
작가 노명석 씨도 찾아와서 함께 어울렸다.
 김원일 씨가 안내한 서초동 화물터미널역 부근의 영산
강이란 술집에서 소주를 마시고, 김원일 씨 집 부근에 돌
아와서 또 맥주를 마셨다. 집에 돌아왔을 때는 12시 가
까이 되어 있었다. 도중에 아내가 보고 있는 김수현의
〈모래 城〉이란 연속극을 보았다. 나로서는 두번째 보는
연속극인데, 젊은 애인을 둔 중년 남자가 들통이 나서 분
란이 일어난 이야기인 것 같았다. 재미있었다. 김수현 씨
는 텔레비전 연속극에 탁월한 재능을 가진 작가인 것 같
다.

 88년 10월 5일
 어제 노태우 대통령이 국회에서 연설했다. 대통령이 국
회에서 직접 연설하기는 건국 이래 노 대통령이 처음이
라고 하는데, 대통령이 입장할 때 평민당 의원들이 자리
에 그냥 앉아 있었던 모양이다. 민정당 측에서는 국가원

수에 대한 예우에 어긋나는 처사였다고 평민당을 비난하는 성명을 냈다. 성공적인 올림픽 못지 않은 정치 금메달을 국민들은 기대하고 있다. 걸핏하면 공박하고 비난하고 물어 뜯는 식의 치졸한 정치 형태에 국민들은 많이 실망하고 있다. 대범하고, 어른스런 정치를 해주었으면 하는 게 국민들의 지배적인 바램이다. 국민들의 의식수준은 높아졌는데 정치인들의 정치 수준은 아직도 미개발국가에서 맴돌고 있다는 혹평이 공공연히 떠돌고 있다는 사실을 정치인들은 알면서도 일부러 모른 척 시치미를 떼고 있는 것일까. 서로 상대방을 인정하지 않으려 들면 대화가 없고, 대화가 막히면 끝장 아닌가. 그래서 대부분의 사람들은 정치 환멸을 느끼고 있는지도 모르겠다. 보다 크고 성숙한 정치를 펴나갈 수 있는 새 인물을 기대하는 것도 그러한 소치 아니겠는가.

88년 10월 6일

강원일보에서 〈태백문화〉라는 월간지가 발행되고 있다. 강원도 유일의 종합지로서 그 잡지가 나오고 있다는 사실은 광고를 통해 알고는 있었으나 아직 본 적은 없는데, 거기서 근무한다는 김기중이라는 사람이 연재소설을 써보지 않겠느냐고 전화를 걸어왔다. 얼마 전에 전상국 선생이 한번 운을 뗀 적이 있기는 했지만 실무자로부터 직접적인 연락이 없기에 긴가민가 싶어 그다지 크게 신경을 쓰고 있지 않던 문제였다. 매월 80매씩인데, 첫 원

고를 11월 15일까지는 받아야 한다는 것이 그쪽 사정이
었다. 아직 아무 준비도 되어 있지 않은 상태인데 과연
해낼 수 있을는지 의문이다.

88년 10월 16일

　어제 오후에 서울을 떠나 안동에서 하룻밤을 묵고 오늘
청송군 소재 주왕산에 갔다가 서울로 돌아오는 길에 수
안보 온천장에 들러 목욕을 하고 밤늦게 귀가했다. 일행
은 작가 김주영 김원일 김용성 김원우, 시인 이근배 김종
해 김종철 이건청, 평론가 정현기, 화가 최연석. 15인승
봉고차를 이용했는데 모든 경비를 김주영 씨가 부담했
다. 원고료 수입이 많은 사람이라고는 하지만, 이런 일은
돈이 많다고 해서 누구나 마음먹을 일이 아니다. 돈을 벌
어 이처럼 값지게 쓰는 사람이 이 세상에 얼마나 되겠는
가. 김주영 씨는 훤출한 키 못지않게 드물게 보는 멋쟁이
라고 생각된다.

88년 10월 17일

　노벨문학상 특집 원고를 받아 조판까지 끝냈다. 내일
목차와 기타 부속들을 마감하여 인쇄소로 넘길 일만 남
았다. 작년에 이어 두번째 노벨문학상 특집을 성공적으
로 해냈다는 자부심을 가져도 좋다. 잡지란 역시 기동성
이 살아 있어야 한다고 믿는다.

　전에 앓았던 위궤양이 다시 도진 모양이다. 며칠 전부

터 몹시 아팠지만 술도 마시고 음식도 가리지 않은 탓인
지 오늘 아침은 도저히 참을 수 없을 정도로 심하게 아팠
다. 회사 앞 약방에서 이틀치 약을 지었다. 당분간 약을
복용해야 한다고 약사는 말했다. 약을 계속해서 먹어야
할 일이 끔찍스럽다.

88년 10월 19일

덕수궁에서 문예진흥원 주최 주부백일장이 개최되었
다. 시, 수필, 동시(동화) 세 부분. 나는 서동훈 김상렬
씨와 함께 산문부 예심을 보았다. 다른 분야보다 응모량
이 많아 짧은 시간에 다 읽어내느라고 애를 먹었다.

주최측의 이야기에 의하면 백일장 참가자가 5백 명이
라고 한다. 나무 밑에서, 강의실에서, 구석진 복도 난간
에서 글을 쓰느라고 삼매에 빠져 있는 주부들의 모습을
지켜보면서 무척 흐뭇한 충격을 받았다.

가능한 한 입상을 하는 것이 좋을 것이다. 그러나 입상
을 못한들 그게 뭐 그리 대수랴. 한 줄의 글을 쓰고자 하
는 그 자세, 그 노력만은 박수를 받아 마땅하다. 더우기
아기를 곁에 눕혀 놓고 글을 쓰는 젊은 주부의 모습에서
는 숭고한 감동마저 느껴졌다.

88년 10월 25일

초등학교 교사 출신인 정충제 씨가 쓴 악명 높은 〈삼청
교육대〉 악몽의 363일을 어제 오늘 이틀에 걸쳐 읽었다.

영화에서 본 강제수용소에서 흔히 보았던 이상의 처절한
내용이었다.

인간이 얼마나 잔인할 수 있는가 하는 점을 이 글에서
얼마든지 읽을 수 있게 된다. 내가 만약 정충제 씨와 같
은 경우를 당한다면 어떻게 되었을까. 생각만 해도 소름
이 끼친다.

이 세상에는 억울하게 당하는 사람이 너무도 많다. 주
로 정치적인 문제에서 그 뿌리를 찾을 수 있다. 정충제
씨의 경우도 그랬다. 교권 침해에 저항하다가 미움을 받
아 사직서를 쓰게 되고, 정당한 절차나 재판도 없이 군부
대에 끌려가 인간 이하의 대우를 받아야 했다.

4주만 순화교육을 받으면 끝나는 줄 알았지만 무려
363일이나 가혹 행위에 시달리면서 강제 노역에 시달린
다. 전쟁중의 포로수용소라 하더라도 그런 가혹 행위가
가능했을는지 자못 의심스럽다.

그 수많은 사연 가운데서 유난히 잊혀지지 않는 장면이
있다. 정충제 씨가 노역중인 군부대에 고등학교 동창이
있다는 사실을 알고 그는 전화를 걸어 통화를 하게 된다.
그 동창은 사단사령부의 비서실장이니까 막강한 자리다.
그 동창이 힘을 써주었다면 정충제 씨는 그렇게까지 오
랫동안 강제 노역에 시달리지 않아도 되었을 것인데, 어
찌된 영문인지 그 동창은 끝내 얼굴 한번 내밀지 않는다.
세상에 그럴 수 있을까. 정충제 씨가 설령 살인죄를 저지
른 패덕아라 하더라도 일단은 그를 만나 자초지종을 알

아보고 친구를 위해 어떻게든 힘이 되어 주었어야 마땅
하지 않았을까.

88년 10월 29일

신예작가 채희문의 창작집이 집으로 배달되었기에 살
펴보았다. 아직 일면식도 없는 작가이나 이름은 진작부
터 알고 있었다. 지난해에 〈세계의 문학〉에 중편이 실렸
을 때, 한자로도 이름이 같은 시인이 소설을 썼구나 싶었
는데 나중에 알고 보니 동명이인이었다. 시인 채희문 씨
역시 나는 일면식이 없는 처지이고 다만 그러한 시인이
있다는 사실만 지면을 통해 알고 있을 뿐이다. 우리 문단
에 동명 이인이 꽤 많아 자칫하면 혼동을 일으키기 십상
이다.

신예작가 채희문 씨의 창작집에서 〈鐵塔〉 앞부분을 조
금 읽다가 문학평론가 권영민 씨가 쓴 해설과 작가의 말
을 살펴보았다. 권영민 씨는 해설에서 '소설은 특수한 사
실에 대한 각별한 관심이 중요한 것이 아니라, 일반적이
고도 평범한 사실에 대한 인식의 새로움이 중요하다.'고
지적하고 있다. 전적으로 동의한다.

88년 10월 30일

마침내 〈태백문화〉에 연재할 장편의 첫머리가 시작되
었다. '서정일은 호텔 로비에서 오영실과 헤어져 엘리베
이터를 타고 칠층 객실로 올라갔다.'는 첫 문장이 우연히

머리에 떠오른 것을 바탕으로 오늘 약 20매를 썼다. 특별한 사유가 없는 한 계속 써나갈 생각이다. 제목은 아직 미정이다. 〈이 세상에서 누가 너를 가장 사랑했는가〉를 생각하고 있으나 너무 긴 것이 흠이다. 또 하나의 제목은 〈皇帝〉와 〈아들나라〉이다. 전개될 내용과 어떻게 버무려질 것인지 모든 게 의문이다.

88년 11월 8일

어제에 이어 오늘도 국회에서는 일해재단 비리에 관한 청문회가 열렸다. 어제는 장세동 전 안기부장이, 오늘은 안현태 전 경호실장이 증인으로 나와 국회의원들의 질문에 답했다. 질문하는 국회의원이나 증언하는 증인이나 주고받는 태도와 언어가 매끄럽지 못해 눈살이 찌푸려지기는 하지만, 말 한마디 주고받기 위해 우선 주위의 눈치부터 살펴야 했던 엊그제까지의 공포정치를 생각하면 격세지감이 인다. 어쨌든 많이 발전했다. 전두환 전 대통령이 표면에 나서서 과거의 잘못을 국민에게 사과하고, 말썽 많은 5공비리를 하루 속히 매듭지었으면 좋겠다. 잘한 일은 거론치 않고 어째서 잘못한 일만 꼬집느냐고 항의하고 싶겠지만 그건 졸장부들이나 하는 옹졸한 변명에 지나지 않는다는 걸 전두환 씨는 알아야 한다. 신문에 의하면, 이순자 씨는 노태우 대통령 부인 김옥숙 씨와 전화통화에서 자신의 친·인척들의 처리에 강한 불만을 표시했다고 한다. 그들끼리는 오랫동안의 친구 사이니까 그

럴 수 있는 처지일는지는 모르겠으나, 그게 사실이라면
이순자 씨는 아직도 자신의 잘못에 대해 조금도 반성하
고 있지 않다는 증거가 아닌가 싶다. 그렇다면 정말 딱한
일이다.

　88년 11월 25일

　오늘 퇴직금을 받았다. 공식적으로는 모두 끝난 셈이나
사무실 마무리를 위해 30일까지 출근해야 한다. 내일은
쉬고 다음 주 3일이면 2년 4개월 동안 몸담아 온 문학정
신에서 풀려난다. 지금 매우 홀가분한 심정이다. 당분간
은 그동안 못 썼던 글을 써보고 싶다. 저녁에 문학정신을
이어받은 김수경(金水鏡) 씨한테 전화를 걸어 어깨가 무
거울 거라는 위로 비슷한 말을 전했다. 이 땅에서 문예지
를, 그것도 내가 참여해서 창간한 문학정신을 하겠다는
사람이 있다는 그 사실 하나만으로도 고맙기 그지없는
기쁨을 느낀다.

　89년 1월 1일

　새해 첫날이다. 김동리 선생님 댁에 새배를 다녀온 것
외에는 하루 종일 집에서 조용한 하루를 보냈다. 저녁에
는 전부터 써온 작품을 썼다. 우선 〈시인은 죽어 별이 된
다〉는 제목을 생각하고는 있으나 다른 제목으로 바꾸고
싶다. 〈숨은 사랑〉이란 제목은 어떨는지 모르겠다. 현재
약 130매 정도 나갔으나 정확한 매수를 예측할 수 없다.

최소한 200매는 넘을 것 같다. 적어도 지금까지는 마음
에 드는 작품이다. 오랜만에 강한 의욕을 느껴본다. 금년
에는 어쨌든 작품 쓰는 일을 최우선적으로 삼을 작정이
다. 그런 의미에서도 오늘 하루는 매우 뜻깊은 하루다.

95년 10월 30일

　요즘 노태우 씨의 비자금 문제로 온 매스컴이 시끄럽
다. '믿어 주세요'니 '보통 사람'을 자처했던 노태우 씨
의 비자금 축적은 정말 기대에 어긋나는 일이었다. 대통
령 재임기간 동안 5천억 원의 통치 자금을 조성했으며,
그 가운데 1천7백억 원 정도가 남았다고 고백했지만 과
연 그 정도에서 그쳤을까. 그가 재임기간 동안 통치 자금
외에 개인적으로 축적한 재산이 과연 얼마인지는 언급이
없었다. 통치 자금 외에 개인 재산도 마땅히 공개해야 한
다. 모르기는 하나 개인 재산 역시 그가 주장하는 통치
자금에 버금갈 줄로 짐작이 간다.

　돌이켜보면 전두환, 노태우 두 사람은 무력으로 정권을
강탈했던 사람들이다. 사정이 그렇고 보면 무슨 짓인들
못했을까. 이완용처럼 나라를 팔아 먹지 않은 것만도 다
행인지 모르겠다. 이번에 이 일을 김영삼 대통령이 어물
어물 처리해 버린다면 그 역시 언젠가는 역사의 심판을
면치 못할 것이다. 노태우 씨는 즉각 구속을 해서 엄중히
수사를 진행해야 한다. 대통령을 지냈다 하여 예외일 수
는 없는 일이다. 법은 만인 앞에 평등하다. 전직 대통령

에 대한 예우는 그가 아무 죄도 저지르지 않았을 때에 국
한된다. 보도에 따르면 숨겨진 다른 재산도 엄청난 모양
인데, 모두 압수해야 마땅하다.

분하고 참담한 심정 금할 길이 없다. 일국의 대통령을
지낸 사람으로 또 무슨 여한이 남아 그토록 엄청난 비자
금을 끌어모았을까. 혹 정신 이상자는 아닌지 참으로 의
심스럽다. 상식으로서는 도저히 상상할 수 없는 범죄를
저질렀기 때문이다. 그의 아내 김옥숙도 재벌 기업의 부
인들을 접촉하면서 막대한 재산을 모았다고 하니, 더더
욱 한심스럽다. 사람이 얼마나 가져야 만족할 수 있을까.
모아도 모아도 한이 없다는 것을 그들 부부를 통해 견본
으로 보여 준 것 같다.

95년 11월 29일

1992년도 동인문학상 수상작인 최 윤의 중편소설 〈회
색 눈사람〉을 읽었다. 최 윤은 최현무라는 이름으로 문학
평론가로도 등단한 여류작가다. 권위 있는 문학상의 수
상작이어서 그런가. 〈회색 눈사람〉은 최근에 내가 읽은
작품 가운데서는 가장 뛰어난 작품이 아닌가 싶다.

적지 않은 충격을 받았다. 이만한 능력을 가진 작가가
우리 소설문단에 버티고 있다는 것이 우선 즐겁다. 이런
좋은 작품을 지금까지 읽지 못하고 있었다는 것이 부끄
럽다. 어둡고 우울한 작품 분위기. 그리고 냉철하면서도
설득력 있는 문체가 특히 돋보인다. 대단한 작가라는 생

각이 들었다. 내가 과문한 탓인가. 최근의 그의 작품을 보지 못한 것 같다. 우리 소설을 프랑스어로 번역하는 일에 매달렸을까.

좋은 작품을 읽는다는 것은 그 자체로도 다시 없는 즐거움이다.

95년 12월 18일

금연(禁煙)은 과연 어렵고 불가능한 문제일까. 물론 불가능한 일이 아니라는 것은 익히 알고 있는 사실이지만, 오랫동안 습관적으로 담배를 피워 오던 사람이 하루 아침에 금연을 하기란 그리 쉽지는 않을 것이다. 담배를 끊고 싶은 마음은 굴뚝 같지만 마음처럼 금연을 하기는 어렵다고 실토하는 사람이 많은 것만 보아도 금연이란 역시 쉽지 않은 일임에 틀림이 없다.

내가 담배를 피우지 않기 시작한 지 오늘로써 3개월째 접어들었다. 지난 9월 19일 오전 10시에 피운 담배가 지금까지는 마지막으로 피운 담배였다. 지금도 기억에 생생하지만, 그 당시 사무실 내 책상 서랍에는 피우다 남은 담배가 6갑인가 남아 있었다. 나의 일차적인 목표는 남아 있는 그 6갑의 담배를 피우는 동안 금연을 할 수 있는 준비를 갖춘다는 것이었다. 말하자면 금연 연습 기간(禁煙演習期間)이라고나 해야 할까.

그 때까지 나의 끽연량은 하루 1갑이었다. 그래서 나는 처음에 이틀에 1갑 정도로 줄여 보자는 쪽으로 생각을

굳혔고, 그 생각은 조금 있다가 기왕 담배를 끊기로 마음
먹은 이상 앞으로 사흘 안에 결판을 내고 말자는 쪽으로
기울어졌다. 꽤나 비장한 각오였달까. 그러나 그렇게 마
음은 먹고 있으면서도 내가 과연 사흘 안에 담배를 끊을
수 있을까 하는 회의론에 사로잡힌 것도 사실이었다. 돌
이켜보면 근 40년 가까이 피워 온 담배를 어찌 사흘 안
에 딱 끊어 버릴 수 있겠는가.

그야말로 작심 삼일(作心三日)로 그쳐 버릴 수 있는 일
이었다. 해서 나는 스스로에게도 그다지 큰 기대를 걸지
않았는데, 어쩌다 보니 그 날 하루 종일 담배를 피우지
않았고, 저녁에 집에 돌아가서도 내내 피우지 않았다. 물
론 담배를 피우고 싶은 생각은 굴뚝 같았고, 피우자고 했
으면 집에도 피울 담배가 준비되어 있었다.

이튿날 아침이 고비였다. 나는 자고 일어나면 일단 담
배를 피웠고, 특히 식사를 하고 나면 반드시 담배를 피워
야 하는 오랜 습관에 물들어 있었다. 그러나 나는 담배를
피우고 싶은 강렬한 유혹을 과감하게 뿌리쳤고, 그 날은
회사에 나가서도 피우지 않았다. 금연을 하자면 3일이
고비라는 말들을 많이 하는데, 나는 3일째 되는 날도 담
배를 피우지 않았다.

내가 자신감을 가진 것은 바로 그 3일째 되는 날이었
다. 나는 사흘 내내 담배를 피우지 않고 견뎌낸 스스로를
대견스럽게 여겼고, 나는 이만하면 금연을 할 수도 있다
는 자신감을 가졌고, 그리하여 그 때까지 내 책상 서랍에

들어 있던 6갑의 담배를 모두 치워 버렸다. 내가 담배를 피우지 않는다는 것을 아내가 눈치챈 것은 내가 담배를 피우지 않기 시작한 지 1주일쯤 지난 뒤였다. 담배 재떨이가 너무 깨끗해서 이상하다 싶기는 했지만 금연까지 한 줄은 정말 몰랐다면서 아내는 '지독한 사람'이란 말을 했다.

그러니까 나는 누구처럼 요란하게 떠들면서 금연을 한 것이 아니라 아무도 모르게 슬그머니 담배를 끊어 버린 셈이었다. 그렇지만 아내의 말처럼 내가 과연 '지독한 사람'일까. 나는 그렇게 생각하지 않는다.

금연을 시작한 지 3개월째 접어드는 오늘도, 아니 이 일기를 쓰는 지금 이 순간도 나는 담배를 피우고 싶은 생각이 매우 간절하다. 한 가치 피워 물었으면 하는 욕망이 나를 사로잡고 있기는 하지만, 담배를 다시 피움으로써 빚어야 할 몇 가지 폐단을 생각하면 고개가 절로 가로저어진다. 내가 담배를 피우지 않기로 마음먹은 것도 실은 담배를 피움으로써 얻어지는 유익한 점보다도 담배를 피움으로써 빚어지는 폐해를 더 많이 생각했기 때문인지도 모른다.

요즘은 어디를 가나 재떨이가 거의 눈에 띄지 않는다. 그 때문에 담배를 피우게 되면 꽁초를 버릴 곳이 마땅치 않다. 그렇다고 꽁초를 호주머니에 집어넣고 다니기도 사실은 쉽지 않다. 남이 보지 않는 틈에 슬쩍 버리게 되는데, 이건 정말 양심에 찔리는 행위다.

담배를 피우지 않는 여자들과 어울릴 때도 그렇다. 지금도 기억이 나는데, 소설가협회 회의석상에서 나와 몇몇 사람이 담배를 피운 적이 있었다. 여류작가 한말숙 선생께서 몹시 짜증을 내었다. 그 때 어찌나 민망하든지 지금도 그 생각을 하면 한 선생님한테 몹시 미안하고 죄송스럽다. 내가 담배를 피우지 않았다면 그런 어처구니 없는 실례를 저지를 일도 없지 않았겠는가.

담배를 피움으로써 빚어지는 폐단 가운데 또 하나는 옷이 더러워진다는 점이다. 심지어 담뱃불로 옷을 태워 먹은 적도 있었다. 옷에서 담배 냄새가 나는 것도 폐단의 하나로 손꼽힌다. 냄새로 말한다면 어디 옷뿐이겠는가. 입에서 풍기는 악취도 사실은 대단하다. 담배를 피우는 사람들끼리는 느끼지 못하는데, 담배를 피우지 않는 사람은 그 악취의 지독함을 안다. 댓진 냄새여서 아주 지독하다. 내가 담배를 피울 때는 그런 냄새를 몰랐으나, 담배를 끊고 나서 그 냄새의 지독함을 확연히 알게 되었다. 그동안 담배를 피우지 않은 사람들에게 내가 알게 모르게 저질러 온 실례를 생각하면 참 미안하다. 말할 수 없는 불쾌감을 안겨 주고도 그것이 불쾌감인 줄도 알아차리지 못했으니 말이다.

96년 2월 12일

오늘 오전 9시에 기현이가 진주 소재 공군교육사령부에 입대했다. 입대하는 그 아이를 데리고 아내와 함께 어

제 오전 10시에 출발하여 진주에 갔다가 오늘 오후 5시
에 귀가했다. 왕복 거리가 대충 850㎞가 넘은 것으로 알
고 있다.

기현이가 다른 징집 대상자들과 어울려 정문에서 버스
를 타고 부대로 들어간 뒤에 아내와 나는 다른 환송객과
어울려 그곳 부대의 안내를 받아 훈련병들이 기거하는
내무반을 구경했다. 30년 전에 내가 대구훈련소에서 훈
련을 받을 때와 비교해서 다른 무엇보다도 세면대 시설
이 눈에 띄게 달라 보였다. 나는 차가운 수돗물로 세수를
했고, 그런 시설에서 식기를 씻었는데, 오늘 내가 본 공
군교육사령부의 세면대는 온수와 냉수가 고루 공급되어
적어도 그것만은 퍽 편리해 보였다.

훈련 과정의 대부분이 그것처럼 편리했으면 얼마나 좋
겠는가. 물론 편하고 편리한 것만이 전부는 아니겠지만
말이다.

아내는 눈이 부석부석 붓도록 자꾸 흐느껴 울었다. 어
떻게 위로해 주어야 할 지 몰라 참 난감했다. 집에 돌아
와 소파에 앉아서 시계를 보니 오후 5시였다. 오후 5시
에 일과가 끝난다는 이야기를 그 곳에 근무하는 기간 사
병을 통해 들었다.

운동화 끈 하나 제대로 매지 못하는 그 아이가 과연 군
생활에 적응할 수 있을는지, 지급받은 관물은 제대로 정
돈을 했는지, 관물 정돈이 엉터리여서 얻어 맞지나 않았
는지, 그런 생각을 하니까 갑자기 눈물이 걷잡을 수 없이

쏟아져 나왔다. 자식은 정말 영원한 애물단지인가. 나를 키워 주신 아버님과 어머님 생각이 새삼 간절했다. 그 고마우신 아버님 어머님을 위해 나는 과연 어떤 자식이었던가.

96년 2월 21일

기현아. 어제 그저께는 설날이었다. 아버지는 태백에 다녀왔다. 18일에 갔다가 19일 밤차로 상경했다. 할아버지 할머니께서 기현이 걱정을 많이 했다. 떡국은 먹는지 모르겠다면서.

어제는 차운석이가 세배하러 왔더구나. 세배를 하면서 기현이 입대하고 기룡이 조금 있으면 집을 떠나 있게 되어 무척 적적하실 것이라면서 나를 위로하더구나. 그런 이야기를 들으면서 운석이도 참 많이 컸구나 하는 생각을 했다. 운석이는 5월 이전에 영장이 나올 것으로 예상하던데, 너무 막연한 기다림이란 생각이 들었다.

오늘이나 내일쯤 무슨 연락이 오지 않겠나 기대한다. 너한테 편지를 보낼 수 있는 주소가 적힌 통신문 말이다.

타이트하게 짜여진 훈련 일정에 몹시 고달플 것으로 생각한다. 하지만 인생사 모든 것이 실은 그렇다. 어느 것 하나 쉬운 것이 없다. 어쩌면 인생이란 어려운 과정을 하나하나 극복해 나가는 과정이 아닌가 생각한다. 아버지도 지금까지 인생을 살아오면서 이번 고비만 넘기면, 이번 고비만 넘기면 하는 과정을 수없이 반복했던 것으로 기억한다.

그런데 가만히 생각해 보면 수없이 반복되었던 그 고비는 어느 한때도 같은 것이 없었다. 이 모양이 다르면 저 모양이 다르고, 저 모양이 다르면 이 모양이 서로 달랐다. 만약 고비마다 서로 같았다면 무척 지루하지 않았을까 생각한다.

흐르는 물은 이끼가 끼지 않는다. 지금 겪고 있는 이 순간은 다시 돌아오지 않는다. 다소 고통스런 순간도 지내 놓고 보면 결코 아무 의미 없는 고비가 아니었음을 알게 된다.

주어진 순간을 잘 견디면 다음 고비를 넘길 때도 한결 수월해진다. 어렵고 힘들다고 고비를 피해 가면 다음 고비를 만났을 때 더욱 힘들어지고 어떻게 대처해야 하는지를 모르게 된다. 다소 어렵고 힘들더라도 피하지 말고 과감하게 도전해서 반드시 목적을 성취하는 그런 용감한 사람이 되기를 기원한다.

내가 거듭 말하겠다. 지금 네가 겪고 있는 어려움과 고통은 훗날 네가 인생을 살아가는데 겪어야 할 고비마다 눈에 보이지 않는 힘과 용기가 되어 준다는 점을 믿어 주길 바란다.

97년 12월 22일
전두환 · 노태우 전대통령이 옥중생활에서 풀려났다.

전두환은 안양교도소에서, 노태우는 서울교도소에서. 그들의 연희동 자택 앞에는 많은 사람들이 모여들었다. 대문 앞에 도착한 두 사람에게 박수를 보내는 주민들의 모습을 TV화면을 통해 볼 수 있었다. 기가 막힐 노릇이다. 그들이 과연 박수를 받아도 무방한 그런 사람들인지 냉정히 생각해 볼 일이다. 개선장군처럼 당당하게 귀가하는 그들의 모습을 지켜보면서 나는 말할 수 없는 환멸을 느꼈다. 죄과를 진심으로 뉘우치는 참회의 빛도 찾아볼 수 없는 그들에게 이번의 사면, 복권이 과연 합당한 처사였는지 의심스럽다. 그들은 역사의 죄인들이다. 용서는 해도 그들이 저지른 죄과만은 잊어서는 안 된다.

98년 6월 24일

우리 나라 월드컵 대표팀이 멕시코전에서 3대 1로 역전패한데 이어 네덜란드전에서는 5대 0이라는 충격적인 스코어 차로 패했다. 남은 벨기에전의 승패에 관계없이 우리 나라 축구팀은 16강 진출에의 꿈이 사실상 무산되고 말았다.

대한축구협회는 프랑스 현지에 나가 있는 기술위원들의 의견을 받아들여 차범근 감독을 전격 해임했고, 차 감독은 지난 22일 김포공항을 통해 혼자 쓸쓸히 귀국했다. 텔레비전 화면을 통해 그의 귀국 모습을 지켜보면서 착잡한 마음 금할 길이 없었다.

차 감독의 중도 해임에 대해 지금 세간의 여론이 매우

분분한 모양이다. 매스컴의 여론 조사에 의하면 너무 성급한 조처였다는 의견이 대체로 우세하게 나타나 있다. 경위야 어쨌든 차범근 감독에 대한 세인의 인기도를 피부로 실감할 수 있는 좋은 예가 아닌가 생각된다. 국민의 기대와 희망을 한꺼번에 저버린 부진한 경기 내용에도 불구하고 해임이 가혹했다는 동정론을 한몸에 받을 수 있으니까 말이다.

그렇지만 나는 차 감독에 대한 이번 해임 조치가 매우 적절했다고 생각한다.

월드컵 예선전을 치른 이후 그가 이끈 대표팀의 성적은 기대 이하였다고 판단한다. 대표팀은 대 일본전을 비롯하여 유럽 전지훈련, 그리고 국내에서 개최된 각국 초청 평가전에서 한번도 시원스런 성적을 내지 못했다. 그래서 여론은 베스트 11의 빠른 확정을 요구했고, 이 문제는 축구협회 기술위원들도 자주 피력한 것으로 안다. 그렇지만 차범근 감독은 대표팀의 베스트 11 확정을 계속 미루었다. 그 나름의 이유와 훈련방법이 있었으리라고 짐작은 가지만 내가 보기에는 어느 누구의 의견도 받아들이지 못하는 차범근 특유의 아집과 독단 때문이 아니었을까 생각한다.

이번 사태를 통해 나는 김영삼 정부의 독단과 아집을 생각했다.

나라 경제가 이 모양 이 꼴이 되었는데도 책임을 지는 사람이 아무도 없다는 것은 참으로 통탄스런 일이다. 모든 책임은 김영삼 대통령이 져야 한다. "모든 책임은 나한테 있다."고도 그는 말했다. 그래서? 그래서 어쩌겠다는 것인가? 말로만 책임을 진다? 진심으로 잘못을 뉘우친다면 국민 앞에 나서서 눈물을 흘리며 사죄해야 한다. 좀 가혹한 주문일는지는 모르겠지만 할복이라도 감행해야 한다. 차마 할복할 용기가 없다면 하다 못해 상도동 집이라도 팔아 실업기금으로 내놓는 성의와 노력은 보여주어야 하지 않겠는가.

  잘해 보려다가 일이 그렇게 망가져 버렸는데 어떻게 하겠는가 하고 변명하는 사람이 있다는 것도 나는 안다. 사실이다. 처음부터 나라 경제를 이 모양 이 꼴로 망쳐 먹으려고 노력하는 대통령이 어디 있겠는가. 그런 못난 대통령은 세상 어디에도 없다. 잘해 보려고 노력했을 사실 자체를 의심하는 사람은 아무도 없다. 그렇지만 결과가 이렇게 된 이상은 어떤 식으로든 책임을 져야 한다. 그리고 국민들도 책임을 지지 않으려는 이런 잘못된 사람들을 용서해서는 안 된다.

  차범근 감독도 마찬가지다. 그가 처음부터 대표팀을 이 모양 이 꼴로 만들려고 노력하지 않았다는 것을 의심하는 사람은 아무도 없다. 그는 노력했고, 그동안 수고가 많았다. 애 많이 썼다는 것도 안다. 그만하면 유능한 지도자인 것도 의심하지 않는다. 그만한 능력을 가진 지도자가 과연 또 있을까 의심이 가는 것도 사실이다. 하지만 어쩌겠는가. 이처럼 나쁜 결과를 낳은 이상은 거기에 대한 응분의 책임을 지는 것은 당연하고, 국민들은 그것을 순리로 받아들여야 한다.

대표팀이 좋은 성적을 거두지 못한 데는 여러 가지 원인과 이유가 있을 줄로 안다. 선수 개개인의 잘못도 있고, 축구협회의 잘못도 없지 않을 것이다. 그렇지만 최종적인 책임은 감독이 져야 한다. 선수 기용 잘못, 전략 부재 등이 특히 그렇다. 차범근 감독 개인에게는 불명예이겠지만 대표팀이 거듭나기 위해서는 불가피한 조처 아니었을까. 감독 혼자 모든 책임을 지는 것은 마땅치 않다고 주장하는 사람도 더러 있는 모양이다. 그렇지만 이야기를 뒤집어 대표팀이 좋은 성적을 얻었다고 가정해 보자. 선수들이 잘 뛰어 좋은 성적을 얻었지 감독이 유능해서 대표팀이 좋은 성적을 얻은 것은 아니라고 말할 사람은 없지 않겠는가. 감독에게는 영광도 따르고, 거기에 걸맞는 책임 추궁도 따르게 마련이다. "모든 책임은 내게 있다" 하면서도 김영삼 대통령이 지금 실제적으로 아무 책임도 지고 있지 않은 것처럼 차범근 감독도 내게 책임이 있다 너그럽게 말하면서도 팀이 패했음에도 대표팀 감독직에서 물러나지 않는다면 어떻게 되겠는가. 일이 잘못되어도 책임을 지는 사람이 없는 시대는 이제 마감되어야 마땅하다.

98년 12월 22일

이남호 형께

형의 말처럼 요즘은 편지 쓸 일이 별로 없습니다. 편지로 해야 할 이야기라면 편지보다 훨씬 편리한 전화로도 얼마든지 의사 소통이 가능하기 때문이겠지요. 포철 신문에서 형이 쓴 '우체부'에 관한 글을 읽으면서 그런 생각이 더욱 절실했습니다. 명색이 글을 쓰는 사람이면서 편지 쓰기가 이처럼 버겁게 느껴지니 다른 일반인들이야 더 말할 나위도 없겠지요.

잘 나가는 작가나 시인들이 가끔 '내 독자는 ××명이다' 하는 말을 들은 적이 있습니다. 책이 팔리는 수치를 두고 하는 말이고, 어느 정도 신빙성이 있다고 인정은 하면서도 그들이 자신 있게 못박는 '내 독자'라거나 '팬'의 실체에 대해서 다소 회의적인 감정도 품었던 것이 사실입니다. 그런데 지난 일 년(?)을 지내면서 그런 회의적인 생각을 씻어내는 좋은 기회를 가졌습니다. 탈렌트나 가수가 아니더라도, 시인이나 작가에게도 분명히 팬이 있다는 사실을 말입니다. 이야기를 줄여서 말하면 내가 이남호 형의 '팬'이 아닌가 싶습니다.

기업체에서 발행하는, 내게 배달되는 인쇄물은 꽤 여러 종류인데, 그 중의 어떤 인쇄물은 봉투도 뜯지 않은 채 버려지는 경우가 있습니다. 그렇지만 포철신문만은 반드시 내 책상을 거쳐 가도록 되어 있습니다. 거기서 내가 즐겨 찾는 것은 형이 쓴 글입니다. 형의 글이 실리지 않을 때는 대충 뒤적거리다가 버리고, 형의 글이 실려 있으면 열 일 제쳐놓고 일단 읽어 보았습니다. 취했거나 무슨 바쁜 일이 있어 미처 살펴보지 못할 때는 책상 한쪽에 잘 간직해 두었다가 나중에 기회를 내어 읽어 보곤 했습니다. 그만한 열성이면 '내 독자'거나 '팬'이겠지요?

포철신문에서 내가 형의 글을 유심히 탐독하기 시작한 것은 바른 자세가 불편하다는 내용의 글이 계기였습니다. 전에 몇번 시도해 보다가 포기해 버린 결가부좌가 사실은 가장 편한 자세라는 사실은 내게 충격을 주었지요. 최승호 형과도 들러 김 안주에 맥주를 마시면서 고전음악을 들었다는 술집 낭만은 그 후 어떻게 되었을까, 힘든 일을 해도 힘든 표시가 잘 안 난다는 뽕짝 아저씨는 지금도 잘 계시는지, 북한산의 청솔모는 지금도 극성을 부리는지 두루 궁금하기도 하지요. 그 중에서도 내 기억에 남는 글이 있습니다. 좋은 일 하기가 어렵다는 내용의 글이었습니다. 그 글을 읽고 나는 혼자 얼마나 웃었는지 모릅니다. 절대로 웃어넘길 일이 아니고 그런 내용도 아닌데 왜 자꾸 웃음이 나왔는지 모르겠습니다. (그 생각을 하면 지금도 웃음이 나오는군요.) 내가 보기에 형은 외모가 참 단아한 분입니다. 그런 형이 타성화된 관행을 고쳐 보겠다고 언성까지 높였다니…… 거짓말 같은 사실이랄까.

만나서 부담 없이 소주 한잔 마시고 싶은 사람 중의 한 사람이지만 여태 그런 기회를 한 번도 갖지 못했음을 유감으로 생각합니다. 사는 곳이 다르고, 살아가는 방법이 달라서이겠지요. 이 편지로써 많이, 그리고 자주 마신 걸로 생각해 주었으면 합니다. 편지는 원래 육필로 써야 하는 줄 압니다만, 내가 원체 글씨를 못 써서 엄두가 나지 않습니다. 못마땅하다 생각하지 마시고 너그럽게 웃어 넘겨 주십시오. 다시 한 해가 저물어 가고 있습니다. 항상 건강하시고, 내년에도 그 후에도 내내 좋은 글 많이 써서 즐거움을 나눠 주시길 기원합니다. 안녕히 계십시오.

나의 첫 강의 *197*
문단에는 이렇게 데뷔한다 *209*
수필문학의 현주소 *217*
이렇게 하면 좋은 글을 쓴다 *227*
우리 모두 반성하자 *235*

3

나의 첫 강의

나는 서라벌 예술대학 문예창작과 출신입니다. 나는 김동리, 서정주, 박목월 세 분 선생님한테서 수업을 받았습니다. 김동리 선생님한테서는 소설을, 미당 서정주 선생님한테서는 시를, 박목월 선생님한테서는 문장론을 배웠습니다.

여러분도 아시다시피 이 세 분은 우리 문단의 거목들입니다. 나는 세 분 선생님한테서 가르침을 받을 수 있었던 분에 넘치는 행운에 늘 감사하며, 남다른 자부심과 행복감을 느끼곤 합니다.

내가 문예창작과에 입학해서 맞이했던 첫 수업은 김동리 선생님의 소설작법 시간이었습니다. 30년이나 지난 그 수업시간을 나는 지금도 잊지 못하고 있습니다.

김동리 선생님은 정시에 강의실로 들어오셨습니다. 그

뒤를 따라 조교가 원고지를 한 아름 안고 따라 들어왔습니다. 당시 문예창작과 정원은 40명이었습니다.

김동리 선생님께서는 학생들을 둘러보시고 약 5분간에 걸쳐 인사말씀을 하셨습니다. 학교의 연혁과 문예창작과 출신 문인 선배들에 대해 이야기하셨던 것으로 기억합니다. 그리고 조교가 가지고 들어온 원고지를 학생들에게 나누어 주었습니다.

학생들 각자에게 나누어 준 원고지는 100장짜리 묶음이었습니다. 그 원고지의 하단에는 '서라벌 예술대학 문예창작과'라는 글씨가 찍혀 있는 문예창작과 전용원고지였습니다. 컴퓨터가 발달한 지금은 원고지에 대해 그다지 큰 관심이 없겠지만 그 당시 전용원고지는 남다른 감회를 안겨 주었습니다.

학생들에게 원고지가 고루 배부된 것을 확인한 선생님은 칠판에다 '살구꽃'이라고 크게 쓰셨습니다. 그리고 학생들에게 제목에 걸맞는 7장 안팎의 글을 써서 조교에게 제출하라고 말씀하셨습니다. 수필이든 꽁트든 쓰고 싶은 글을 쓰라고도 말씀하셨지요

그 날 선생님의 강의는 그것으로 끝이었습니다. 선생님은 도로 나가시고 우리 학생들은 주어진 원고지에다 글을 썼습니다. 우리 학생들은 수업 시간 내내 글을 써서 대기하고 있던 조교에게 제출했습니다. 확실한 기억인지는 모르겠지만 절반 정도의 학생들이 자기가 쓴 글을 제

출했고, 미처 쓰지 못한 나머지 학생들은 포기했던 것으로 압니다.

다음 주 그 시간에 김동리 선생님께서는 우리 학생들이 쓴 글을 가지고 들어오셨습니다. 선생님께서는 학생들이 쓴 작품 하나를 골라 들고 여러 학생들을 둘러보셨습니다. 그리고는 어느 학생을 지목하여 "자네 이리 나와서 낭독 한번 해봐."하고 지시하셨습니다. 지목을 받은 학생이 앞으로 나가서 그 글을 큰 소리로 읽었습니다. 낭독하는 학생이 좀 힘들어 하면 다른 학생을 불러내어 계속 읽게 했습니다.

그렇게 낭독이 끝나자 선생님은 학생들에게 소감을 묻기 시작했습니다. 이제 방금 읽은 작품에 대해서 제군들은 어떻게 생각하는가? 지명을 받은 여남은 명의 학생이 소감을 피력했습니다. 산만한 글이다, 문장이 엉망이다 등의 강도 높은 비판이 주류를 이루었습니다.

마지막으로 선생님은 그 글에 대한 당신의 소견을 말씀해 주셨습니다. 작품의 내용보다도 잘못된 문장을 꼼꼼히 지적하는 식이었습니다. 선생님의 문장 분석은 아주 예리했습니다. 단어 하나하나를 지적해서 그 쓰임새와 문법을 지루할 정도로 세밀히 말씀해 주셨습니다.

그런 식으로 1학기를 마쳤습니다. 선생님은 여름방학 숙제로 단편 1편씩을 써 오라고 하셨습니다. 그 당시 단편은 대개가 70장 안팎이었습니다. 2학기 수업은 여름방

학 동안에 써 온 학생들의 단편을 텍스트로 삼아 그 작품
을 토론하고 분석하는 시간으로 보냈습니다. 김동리 선
생님의 강의는 그렇게 철저히 창작실기 위주로 진행되었
습니다.

　그런데 그렇게 공부한 결과가 과연 어떻게 되었는지 궁
금하지 않습니까. 여러분도 아시는지 모르겠습니다마는,
지금 우리 문단에 데뷔한 시인, 작가, 수필가, 아동문학
가, 드라마작가 등을 통틀어 가장 많은 문인을 배출한 대
학이 어느 대학인지 아십니까. 서라벌 예술대학 문예창
작과입니다. 그 다음이 동국대학 국문과 출신인 줄로 알
고 있습니다.

　다른 대학에서는 10년에 한두 명의 문인이 나올까 말
까 했습니다. 그런데 당시 서라벌 예술대학 문예창작과
는 1년에 보통 7, 8명씩 데뷔를 했습니다. 개교 10년도
안 되어 150여 명의 문인을 배출했습니다.

　여러분은 이런 결과가 나온 원인과 배경이 무엇이라고
생각하십니까. 이야기는 아주 간단하고 분명합니다. 이
론보다는 창작실기 위주로 진행한 수업방법이 주효했기
때문입니다.

　이런 강의 방법은 사실 모파상을 가르친 플로베르가 원
조입니다. 여러분도 아시다시피 〈보봐리 부인〉의 작가
플로베르는 평생을 독신으로 지낸 사람입니다. 그 사람

의 첫사랑이었던 여자가 사실은 모파상의 어머니입니다.

플로베르는 사물을 치밀하게 보는 법, 그것을 묘사하는 법 등을 가르쳐 주면서 문장 한 구절 한 구절을 뜯어 고쳐 주면서 아주 세밀하게 모파상을 지도했습니다. 플로베르는 또 모파상에게 '생각하는 것' 보다 '보는 것' 을 강조하고, 자연 묘사의 실습을 위해 노르망디 해안의 단애를 묘사하여 보내라고 지시할 정도였습니다. 다음과 같은 그의 말은 자기의 문학관의 피력을 넘어서서 사실주의 문학의 한 좌우명이 되기도 했습니다. "말하고 싶은 것이 무엇이든지간에 그것을 표현하는 낱말은 하나밖에 없다. 그것을 움직이는 데는 하나의 동사밖에 없고, 그 성질을 나타내는 데는 하나의 형용사밖에 없다."

훗날 모파상의 어머니는 이렇게 술회했습니다.

"나는 모파상을 소설가로 만들려고 마음먹었고, 모파상을 소설가로 만든 사람은 플로베르였다."

나는 지금도 김동리 선생님한테서 배운 소설작법 공부를 신뢰하고 있습니다. 모르긴 해도 전국에 산재한 숱한 문예강좌에서 소설작법 공부는 대부분이 그렇게 하는 줄로 알고 있습니다. 나도 학생 여러분이 써 온 작품을 텍스트로 삼아 함께 분석하고 함께 토론하는 형식으로 공부하고자 합니다. 그래서 사전에 몇 가지 당부 말씀을 드리겠습니다.

내가 충분한 시간을 갖고 읽을 수 있도록 늦어도 1주일

전에 작품을 제출해 주시기 바랍니다. 기일이 촉박해 가지고는 강의 준비를 하는 데 아무래도 소홀해질 수밖에 없습니다. 작품은 교수인 나한테만 주는 것이 아니라 학생 전원에게 고루 분배가 되어야 하고, 학생 여러분도 해당 작품을 사전에 읽고 나와야 하겠습니다. 그래야 효율적인 토론 형식의 강의가 진행될 수 있기 때문입니다.

서산대사(西山大師)가 제자 사명당(泗溟堂)과 함께 친구의 집을 찾아가다 나무 그늘에 앉아 쉬는 참이었습니다. 멀리 들판에 소 두 마리가 한가로이 누워 있었습니다. 한 마리는 검은 소였고, 다른 한 마리는 붉은 소였습니다. "저기 소 두 마리가 보이느냐?" "예, 보입니다, 선생님." 서산대사가 사명당에게 물었습니다. "두 마리 소 중에서 어느 소가 먼저 일어날는지 알아맞혀 보아라."

사명당이 그 날의 점괘(卦)를 짚어 보았더니 불화자(火)가 나왔습니다. 그래서 그는 붉은 소가 먼저 일어나겠다고 대답했습니다. 그러나 서산대사는 검은 소가 먼저 일어나겠다고 말했습니다. "선생님, 오늘 점괘가 불화자(火)인데 어떻게 검은 소가 먼저 일어납니까?" "어디 두고 보자. 어느 소가 먼저 일어나는가."

꽤 오랜 시간이 흐르자 검은 소가 먼저 슬슬 일어났습니다. 사명당은 놀라서 스승에게 그 이유를 물어 보았습니다. 서산대사는 다음과 같이 대답했습니다. "너의 불화자 점괘는 맞다. 그러나 불을 붙이면 불꽃이 보이기 전에 검은 연기가 먼저 올라오는 법이지."

무슨 말인지 아시겠지요?

두 사람은 먼 길을 걸어 어둑어둑했을 때에야 친구의
집에 도착했습니다. 주인은 그들을 반갑게 맞은 후 아내
에게 몰래 가서, 저녁이 늦었으니 손쉬운 국수를 장만하
라고 일러두고 돌아왔습니다. 잠시 한담을 나누다가 서
산대사가 사명당에게 물었습니다. "오늘 저녁 식사로 무
엇이 나올 것 같으냐?" 사명당이 점괘를 짚어 보니 뱀사
자(蛇)가 나왔습니다. 그래서 국수가 나오겠다고 대답했
습니다. 하지만 서산대사는, 자기 생각에는 수제비가 나
올 것 같다고 대답했습니다. 옆에 앉아서 두 사람의 이야
기를 듣고 있던 주인은 속으로 이상하게 생각했습니다.

'사명당이 똑똑하다더니 이제 스승의 학문을 넘어선
게 분명하다.'

한참 후 밖에서 저녁상 받으라는 소리가 들렸습니다.
문을 열고 상을 받은 주인은 깜짝 놀랐습니다. 상 위에는
국수가 아닌 수제비가 놓여 있었습니다. 주인은 아내에
게 어떻게 된 일이냐고 물었습니다. 그의 아내는 겸연쩍
은 표정을 지으며, 어두운 곳에서 밀가루를 반죽하다 보
니 반죽이 너무 묽어서 하는 수 없이 수제비를 뜰 수 밖
에 없었다고 변명했습니다.

식사를 하면서 사명당이 서산대사에게 물었습니다.
"선생님, 점괘가 분명 뱀사자(蛇)인데, 어떻게 국수가 아
닌 수제비가 나오게 되었습니까?" 서산대사가 대답했습

니다. "뱀은 저녁이 되면 똬리를 튼다. 그러니 국수가 아닌 수제비가 되는 게 당연하지 않느냐."

어떻습니까. 사명당이 생각하는 것은 보통 사람도 얼마든지 생각할 수 있는 상식입니다. 그러나 작가의 눈은 이 상식을 뛰어넘어 사물의 이면도 볼 수 있어야 합니다. 이것을 나는 예지력, 직관력, 혹은 재능이란 말로 표현합니다. 이런 직관력, 예지력은 우연히 얻어지는 것도 아니고 처음부터 타고나는 것도 아니라 부단히 노력하는 가운데 얻어집니다. 세상에는 노력없이 이루어지는 일이란 하나도 없습니다. 다사(多思), 다작(多作), 다독(多讀)은 소설 공부의 정석입니다. 사과가 나무에서 떨어지는 것을 본 사람은 많습니다. 그러나 만유 인력을 발견한 사람은 뉴튼뿐이었습니다. 작가에게 과학자 못지않은 예리한 관찰력과 통찰력을 요구하는 이유를 이제 아시겠습니까.

사람은 예로부터 남에게 배워서 익히는 것이 보통이지만, 다른 사람으로부터 도저히 배울 수 없는 것이 더러 있습니다.

어느 절의 동자가 매일 두부를 사러 가는데, 가는 길가에 이상한 영감이 길을 가로막고 서서 "동자님, 오늘은 어디를 갑니까?"하고 묻곤 했는데, "시장에 갑니다." "왜 갑니까?" "두부를 사러 갑니다." "그러면 지나가시오."라고 말하며, 그 문답이 끝나지 않으면 절대로 통과시키지 않곤 했습니다. 매일 똑같은 문답을 되풀이하다 보니 동자는 귀찮은 생각이 들어 스님에게 이 사실을 모두 고백했습니다. 그리고 "무슨 좋은 방법이 없습니까?"하고 물었습니다. 그랬더니 스님은 "내가 좋은 방법을 가르쳐 주마. 동자님, 오늘은 어디를 가십니까, 하거든 서쪽으로 갑니다, 라고 대답하여라. 왜 서쪽으로 갑니까, 하거든 서쪽은 극락 정토(淨土:부처님이 계신 청정한 땅)니까 갑니다, 하고 대답하여라." 동자는 좋은 것을 배웠다고 매우 기뻐하며 다음날 두부를 사러 가는데, 영감이 또 나타나서 어제와 똑같은 질문이 시작되었습니다. "동자님, 오늘은 어디를 가십니까?" "서쪽에 갑니다." "아, 그래요. 서쪽에는 왜 갑니까?" "서쪽에 극락 정토가 있으니까요." 동자는 스님이 가르쳐 준대로 의기 양양하게 대답했습니다. 그러자 영감이 또 물었습니다. "동자님은 참 좋겠네. 그런데 극락 정토에는 왜 갑니까?" 동자는 이 대목에서 그만 말문이 막혀 버렸습니다. 그 다음 대답은 배우지 않았거든요. 그래서 전날처럼 "두부를 사러 가요." 하고 대답해 버렸습니다. 생각해 보십시오. 극락 정토에 두부를 사러 간다는 것은 좀 우습지 않습니까.

이처럼 다른 사람한테서 배우는 것은 한계가 있으며, 자기 스스로 깨닫지 않으면 안되는 일이 우리에게는 너무나 많습니다. 시나 소설을 쓰겠다는 여러분의 경우도 예외일 수 없습니다. 스스로 깨닫도록 각고의 노력을 기울여야 합니다.

절 애기를 했으니까 교회 애기도 하나 곁들이겠습니다. 교회를 짓는 목사가 공사 현장에 나갔습니다. 마침 벽돌공이 벽돌 쌓는 일을 하고 있었습니다. "날씨 무더운데 수고가 많으십니다."하고 목사가 인사를 했습니다. "배운 재주가 이것뿐인데 별수 있나요."하고 벽돌공은 퉁명스럽게 대답했습니다. 목사는 다른 벽돌공에게도 같은 인사를 했습니다. "날씨 무더운데 수고가 많으십니다." 그 벽돌공이 대답했습니다. "고생은요. 내가 벽돌 쌓는 기술을 배운 이래 요즘처럼 보람을 느껴 본 적은 없었습니다. 저는 이 일이 즐겁습니다." 그래요. "어째서 그렇습니까?" 목사가 다시 물었습니다. "아, 제가 지금 교회를 짓고 있거든요. 세상에 이처럼 보람 있고, 의미 있고, 가치 있는 일이 어디 있겠습니까." 어떻습니까. 같은 일을 하면서도 대답은 사람에 따라 이렇게 서로 다릅니다. 자기가 지금 어떤 위치에서 무슨 목적을 가지고 어떤 일을 하고 있는지 분명히 알고 있는 사람이 세상에는 의외로 그리 흔치 않습니다. 아무리 보잘 것 없어 보이는 일이라도 분명한 목적 의식을 가지고 신념과 용기로써 임해야 될 줄로 압니다. 학생 여러분은 지금 어디서 무엇을 하고 있습니까? 여러분은 여러분의 위치와 본분을 분명히 자각하고 있습니까? 오늘 하룻밤만이라도 모두 가슴에 손을 얹고 진지하게 자기 자신을 성찰해 보는 기회를 가져보기를 바랍니다. 그러면 내가 당장 무엇을 해야 하는가, 하는 해답을 얻을 줄로 압니다. 운동선수든 시인 ·

작가든, 한 분야에서 일가를 이룬 사람에게는 그 누구도
짐작하기 어려운 고난과 역경을 이겨낸 내력이 있습니
다. 일가를 이룬 현재의 모습만을 부러워하지 마십시오.
메이저리그로 우뚝 선 박찬호 선수도 그렇고, 작가 이문
열도 한때는 눈물 젖은 빵을 먹어 본 역경과 고뇌 끝에
오늘과 같은 영광을 누리고 있다는 사실을 의심하지 마
시기 바랍니다. 학생 여러분의 비장한 각오를 간곡히 촉
구합니다.

'아 날이 새면 집을 지으리라' 는 이름의 새를 아십니
까. 이름이 참 이상하지요? 이 새는 히말라야 지방에 산
다는 전설 속의 새입니다.

히말라야 산지는 낮에는 따뜻하지만 밤에는 살을 에는
듯한 추위가 찾아오는데 이 새는 둥지가 없어 낮에는 노
래만 부르다가 밤이 되면 집을 짓지 않은 것을 후회하면
서 밤새도록 "아 날이 새면 집을 지으리라."하고 흐느낀
다고 합니다. 하지만 아침이 되고 기온이 따뜻해지만 어
젯밤의 맹세는 까맣게 잊어버리고 또 다시 하루 종일 노
래 부르면서 놀기만 한답니다. 우리는 어제 했던 잘못을
오늘 또 저지르기를 잘 합니다. 결심한 것을 실천하지 못
하고 지내놓고 난 다음에야 '이렇게 할걸. 저렇게 할걸'
하고 후회하는 버릇이 있습니다.

무슨 이야기인지 아시겠지요?

손등에 까만 구두약이 묻었어도 눈에는 희망이 반짝거리던 소년이 있었습니다. 남에게 진 빚을 갚지 못해 아버지가 투옥이 되었고, 그 바람에 소년은 길 모퉁이에서 이른 아침부터 밤늦게까지 하루 종일 힘들게 구두를 닦아야 했습니다. 그러나 그 어려움 가운데서도 소년은 탄식하거나 절망하지 않고 항상 희망의 노래를 불렀습니다. 이를 본 사람들이 소년에게 물어 보았습니다. "구두 닦는 일이 그렇게 좋으냐?" 소년은 대답했습니다. "그럼요. 저는 지금 희망을 닦고 있거든요." 이 소년이 후에 세계적인 작가가 되었습니다. 〈올리버 트위스트〉를 쓴 작가 찰스 디킨즈가 바로 그 소년입니다.

문단에는 이렇게 데뷔한다

판·검사나 변호사가 되기 위해서는 사법고시에 합격을 해야 합니다. 법무사나 회계사가 되기 위해서도 자격증 시험에 패스를 해야 하지 않습니까. 부동산중개업을 하는 사람도 공인중개사 자격증을 따야 합니다. 여러분이 잘 아는 자동차운전도 운전면허증이 있어야 자동차 운전을 할 수 있습니다.

그러나 시인, 작가들에게는 이런 자격증시험이 없습니다. 학력도 필요 없고, 남녀 노소의 구별도 없습니다. 신분의 높고 낮음과도 아무 상관이 없습니다. 여러분이 잘 아시는 윤석중 선생님은 14살에 신춘문예에 당선했고, 시인 이형기 선생님도 17살 되던 해에 문단에 데뷔했다는 얘기를 들었습니다. 그런가 하면 모 여류작가는 예순이 넘은 나이에 문단에 나와 화제를 불러일으킨 바 있습니다.

신춘문예(新春文藝)

시인, 작가가 되는 방법 중에서 가장 많이 알려진 것으로 신춘문예를 들 수 있습니다. 서울에서 발행되는 일간지에서 연말에 작품을 모집하는데, 여기에 작품이 당선되는 것을 말합니다. 동아일보, 조선일보, 한국일보, 중앙일보, 경향신문, 문화일보, 세계일보, 한겨레신문, 대한매일 등이 이 신춘문예를 주관하고 있습니다. 1월 1일에 당선작을 발표하는데, 상금도 제법 두둑해서 문단 데뷔의 꽃으로 불리고 있습니다. 소설의 경우 평균 경쟁률이 300대 1 내지 500대 1인데, 이런 높은 경쟁자를 물리치고 당선의 영예를 누렸다고 생각해 보십시오. 내가 알기로 그 어렵다는 사법고시도 500대 1까지는 가지 않습니다.

1925년에 동아일보에서 처음 신춘문예 작품을 모집했고, 〈따오기〉로 유명한 한정동 선생님이 첫 당선의 영예를 누린 바 있습니다. 신춘문예는 1930년대로 접어들면서 동아일보, 조선일보, 중앙일보 등에서 본격적으로 가동되었고, 이 때 나온 문인으로 김동리, 황순원, 정비석, 김정한 선생님 등을 들 수 있습니다.

지방에서 발행되는 일간지에서도 신춘문예를 주관하고 있습니다만, 여기에 당선이 되더라도 중앙문단의 인정을 받지 못하고 있습니다.

추천제도 (推薦制度)

해방 직후부터 1980년대 초까지 추천제도라는 것이 있었습니다. 이 추천제도는 처음에 〈문예〉라는 문예지에서 태동했고, 〈현대문학〉에서 본격적으로 실시했습니다. 시인, 작가를 지망하는 사람들이 작품을 써서 이들 문예지에 투고를 하면, 잡지사에서는 원로작가에게 심사를 의뢰합니다. 원로작가가 그 작품을 읽어 보고 작품이 괜찮다 싶으면 추천서를 써서 작품을 발표하게 되는데, 작품이 발표되면 해당 작가는 그 때부터 기성작가로 대접을 받았습니다. 〈현대문학〉의 경우 시는 미당 서정주 선생님, 소설은 김동리 선생님, 평론은 조연현 선생님이 주로 추천 작가로 활발하게 활동했습니다.

그런데 이 제도가 참 까다로왔습니다. 시는 3회, 소설은 2회 추천을 받아야 했는데, 원로작가들이 여간해서는 추천을 해주지 않았습니다. 한 번 당선되기도 어려운데 2번, 3번 추천을 받아야 하니 얼마나 어렵겠습니까. 중도에 포기한 사람들도 참 많았습니다.

문예지가 〈현대문학〉과 〈자유문학〉밖에 없었을 때는 그나마 어쩔 수 없이 그런 방법에 의존했지만, 1970년대 이후 〈문학사상〉 〈한국문학〉을 비롯해서 계간문예지들이 등장하면서 등단 양상이 대폭 달라지기 시작했습니다. 새로 나온 문예지들은 그런 추천제도를 거부하고 작품을 모집해서 1회 당선으로 기성작가로 대접하는 신인등단 제도를 채택했습니다. 그러니 응모자들이 2번, 3번 추천

을 받아야 하는 방법을 기피하기 시작했고, 〈현대문학〉
에서도 그만 그 추천제도를 중단하고 말았습니다. 지금
은 시전문지나 수필전문지에서 그런 추천제도의 명맥을
잇고 있을 뿐입니다.

장편소설 모집

　자주 있는 것은 아니지만 일간지나 여성지에서 가끔 많
은 상금을 내걸고 장편소설을 모집합니다. 여기에 당선
되어도 문인으로 인정을 받습니다. 박완서 선생님은 〈여
성동아〉라는 여성지에서 모집한 장편소설 〈나목〉이 당선
되어 문단에 데뷔했습니다. 〈작가세계〉같은, 3개월에 한
번 나오는 계간문예지에서도 장편소설을 가끔 모집하고
있습니다.

출판(出版)

　신춘문예나 추천제도는 우리 나라에만 있는 아주 특별
한 문단 등용문입니다. 외국에서는 출판사에서 소설집을
내거나 장편소설을 출판하는 그 자체만으로도 문단 데뷔
가 성립됩니다. 1920년대에 활동했던 〈백조〉〈창조〉〈폐
허〉 동인들도 사실은 그랬습니다. 아시는 바와 같이 우리
문단의 제 1세대라고 할 수 있는 김동인, 주요한, 전영
택, 김억, 염상섭, 오상순, 홍사용, 이상화, 박영희, 박종
화, 현진건 선생님들이 그러했습니다. 그 때만 해도 누가
작품을 심사하는 것이 아니고, 말하자면 글쓰기 좋아하

는 사람들이 모여 동인지(同人誌)를 내었는데, 그런 활동 자체로 그들은 시인, 작가 행세를 했고, 일반 사람들도 그렇게 인정해 주었습니다. 요즘도 동인지를 내는 문학 지망생들이 더러 있기는 합니다만, 돈 모아 애써 동인지 냈다 하더라도 시인, 작가로 인정받지 못하는 것이 현실입니다.

내가 아는 모 작가는 1979년에 출판사에서 장편소설을 냈습니다. 그러다가 알아 주는 사람이 없으니까 1985년에 〈월간문학〉에 작품을 투고해서 당선이 되어 비로소 정식으로 문단에 데뷔했습니다. 그리하여 그럭저럭 문단 활동을 하게 되었는데 재작년에 무슨 일로 문단 데뷔 연도를 따지게 되었습니다. 작가 자신은 1979년에 장편소설을 낸 바 있으니까 20년 경력을 내세웠지만 주최측에서는 1985년에 문단에 데뷔한 것으로 계산했습니다. 그 친구는 이런 문단의 계산법에 화를 내면서 억울해 했지만 소용이 없었습니다. 앞으로 이런 관행이 시정되어야 하겠지만 관행이란 것이 그렇게 무섭습니다.

작품 발표와 문예지

여러분도 신문이나 잡지를 통해서 시인, 작가들이 쓴 글을 많이 보셨을 줄로 압니다. 하지만 신문이나 일반 잡지에 문인들이 쓴 글은 사실 극소수에 지나지 않습니다.

시인, 작가들이 주로 작품을 발표하는 잡지를 문예지라고 합니다. 문예지는 원칙적으로 문단에 데뷔한 시인, 소

설가, 평론가, 수필가, 아동문학가, 희곡작가 등의 작품
만을 받아 싣습니다.

수필이나 기타 특집란에는 예외적으로 문단에 데뷔하
지 않은 사람의 글도 받아 싣습니다. 의사나 정치가나 방
송인 같은 전문직업을 가진 사람의 글을 받아 수필란에
다 싣는 경우가 그것입니다. 가령 노벨문학상 수상자를
특집으로 꾸밀 때는, 정식으로 문단에 데뷔하지는 않았
지만 관련 학계에서 권위를 인정받는 교수들의 글을 받
아 싣기도 합니다. 그렇지만 이런 예외의 경우는 드물고,
앞서 말씀드린 것처럼 문예지는 원칙적으로 시인, 소설
가, 평론가들의 작품을 받아 싣습니다.

그래서 문예지는 표지만 바꾸면 1년 전의 4월호나 2년
전의 4월호나 지금의 4월호나 크게 다른 것이 없다는 지
적을 받기가 예사입니다. 어느 달 어느 잡지를 보아도 한
결같이 시, 소설, 평론을 싣고 있기 때문입니다. 이런 천
편일률적인 편집 태도에 독자들이 식상해 할 것을 알고
있으면서도 별다른 방법이나 개선책이 없다는 것이 문예
지를 편집하는 사람들의 고충입니다. 문예지가 여성지나
종합지처럼 많이 팔릴 수 없는 것도 그런 배경이 바닥에
깔려 있습니다.

내가 〈소설문학〉이란 문예지에서 일할 때입니다. 하루
는 이균영이란 작가가 나를 찾아왔습니다. 나와 이균영
씨는 그 때 처음 만났습니다. 이균영 씨는 나한테 써 가

지고 온 단편소설을 맡겼습니다. "읽어 보시고 적당한 기회에 발표해 주시면 고맙겠습니다." 그가 내게 한 말은 이것뿐이었습니다. 그는 시종 정중했고, 예의바른 언동을 보여 준 것으로 기억합니다. 서너 달 뒤에 나는 그의 작품을 실었습니다. 그는 나에게 작품을 발표해 주어서 고맙다는 인사말 한마디 없었습니다. 다시 찾아온 적도 없었구요. 그렇다고 해서 그의 태도를 서운하게 여기지는 않았습니다. 오히려 그의 그런 당당한 태도가 좋았다고 기억합니다.

수필문학의 현주소

수필가는 몇 명인가

수필은 '수필가'라는 공인된 문인만이 쓰는 글이 아니라, 의사 · 배우 · 목사 · 교수 · 철학자 · 기업인 · 정치인 · 방송인 · 연예인 등 전문직업인도 수필을 쓰고, 또 책도 냅니다. 이들까지 다 합친다면 수필가가 시인보다 더 많지 않을까 생각합니다. 한국문인협회 기관지 〈월간문학〉 2001년도 9월호에 실린 회원주소록에 보면 천 명이 넘는 수필가의 이름이 실려 있습니다.

여담이지만 한국문인협회 이사장 및 분과위원장 임원선거 때 보면 수필가들의 막강한 파워를 새삼 절감합니다. 실제로 펜클럽 회장을 지낸 바 있는 전숙희 선생님도 수필가이고, 한국문인협회 부이사장 몇 명도 수필가입니다. 이런 식으로 나가다가는 한국문인협회 이사장 자리도 수필가가 차지할 공산이 무척 크다고 보겠습니다.

한국문인협회 이사장은 전체 문인을 대표하는 얼굴 마담인 셈인데, 시인·작가를 제쳐놓고 수필가가 전체 문인을 대표한다면 과연 어떻게 될 것인지 개인적으로 무척 궁금하게 여기는 것이 사실입니다. 수필가가 한국문인협회 이사장이 된다고 해서 나쁘다고 예단하기는 어렵지만, 어쩐지 좀 뭣하다는 기분이 듭니다. 수필이 과연 문학이냐는 비판론이 엄연히 존재한다는 사실 앞에서는 더욱 그러합니다.

수필전문지는?

지금 우리 나라에는 〈현대문학〉〈문학사상〉〈월간문학〉〈문학과 창작〉〈작가〉 등 월간지 말고도 계간지 〈세계의 문학〉〈창작과 비평〉〈문학과 사회〉〈작가세계〉〈실천문학〉〈문학동네〉〈한국문학〉〈동서문학〉〈한국소설〉과 시전문지 〈심상〉〈현대시학〉〈시와 시학〉 등, 이루 헤아릴 수 없는 문예지가 발간되고 있습니다. 이들 가운데서 수필이라는 이름을 달고 작품을 실어 주는 문예지는 〈현대문학〉〈월간문학〉 등이 고작이고 나머지 대부분의 문예지는 수필 작품을 거의 외면하고 있는 실정입니다.

그 대신 수필전문지 몇 개가 발행되고 있습니다. 월간으로 〈수필문학〉〈월간 에세이〉가 있고, 격월간으로 〈수필과 비평〉이 있고, 계간지로 〈수필공원〉〈한국수필〉〈창작수필〉〈현대수필〉 등이 있습니다. 수필가들이야 더 많은 발표 지면을 요구하겠지만, 이만한 숫자의 전문지를

갖고 있는 장르도 그리 흔치 않은 우리의 현실에서 볼
때, 수필 분야쪽은 그래도 여건이 좋은 편이라 하겠습니
다.

신인등용문은?

시나 소설처럼 수필가도 신인작품을 모집해서 여기에
당선이 되면 기성작가로 대우해 줍니다. 월간문예지 〈현
대문학〉〈월간문학〉을 비롯해서 수필전문지에서도 신인
작품을 수시로 모집하고 있습니다. 또 〈세계일보〉와 〈문
화일보〉 신춘문예에 수필부문이 있었습니다. 사실은 〈한
국일보〉가 그 효시인데, 언제부터인가 〈한국일보〉마저
슬그머니 수필 부문이 빠져 버렸고, 〈조선일보〉〈중앙일
보〉〈경향신문〉〈대한매일〉 등에서는 처음부터 수필부문
을 외면했습니다.

지금도 〈현대문학〉이나 〈월간문학〉에서는 수필당선자
가 가끔 발표됩니다. 문제는 수필전문지에서 하는 신인
작품모집입니다. 1996년인가 97년인가, 1년 동안 이들
수필전문지에서 배출한 신인이 119명에 이른다는 기사
를 본 적이 있습니다. 너무 심했다는 느낌을 지울 수 없
습니다. 수필 쓰겠다는 사람이 많아서 나쁠 게 뭐가 있느
냐고 반문할 사람이 있겠지만, 이들 신인들을 통해서 잡
지 발간비를 보조받는다는 미확인 소문이 공공연히 나돌
고 있고, 이것이 사실이라면 보통 문제가 아닙니다. 말할
나위도 없는 일이겠지만, 신인추천 과정이 쉬우면 작품

의 질적 저하를 가져오기 때문입니다. 수필전문지 발행인들이 자사 추천 신인들을 '잡지 경영의 주주'로 생각하는 이런 폐단은 조속히 정화되어야 할 우리 수필계의 큰 숙제임을 지적하지 않을 수 없습니다.

수필집과 산문집과 에세이집

수필집과 산문집은 어떻게 다른가. 수필집의 수필이든 산문집의 산문이든 글의 형식이나 내용으로 보아 크게 다를 것이 없는데도 수필집과 산문집과 에세이집, 심지어 수상집이라는 이름으로 구분되고 있는 것이 현실입니다.

수필가의 책은 수필집, 시인이나 작가의 수필은 산문집이라고 붙인다는 사실을 우선 들 수가 있습니다. 시인·작가와 수필가를 확연히 구분하려는 의미에서 그런 별칭의 제목을 붙이게 되지 않았나 싶습니다. 수필가의 수필집을 산문집으로 하는 경우가 거의 없듯이 희안하게도 시인이나 작가의 수필집을 수필집으로 제목을 붙이는 경우도 거의 없습니다.

출판사에 따라 수필집이라고도 하고 산문집이라고도 합니다. 수필가의 수필집을 많이 출판한 출판사는 거의 예외없이 수필집이라는 제목으로 통일합니다. 그러나 시집이나 소설집을 주로 출판하는 출판사의 경우, 시인·작가의 수필집을 산문집이라고 명명합니다. 그런데 시집이나 소설집을 주로 출판하는 출판사도 명백한 수필가의 수필집은 산문집이라 하지 않고 수필집이라고 붙이는 경우를 더러 볼 수가 있습니다.

원칙적으로 말하면 산문집이라는 표현은 좀 애매 모호합니다. 산문은 운문의 대칭어로서 수필, 소설, 평론, 동화 등은 다 산문에 속합니다. 소설집도 평론집도 동화집도 사실은 산문 아닙니까. 그렇다면 수필집과 산문집과 에세이집은 어떻게 다를까요. 해답은 명백합니다. 수필가의 수필집은 수필집이거나 에세이집으로, 시인·작가의 수필은 산문집인 것으로 알면 크게 혼동될 것이 없습니다. 어렵게 생각할 것 없이 일종의 관행이라고 보면 되겠습니다.

베스트셀러와 수필집 발행

한때 수필집이 베스트셀러에 오른 적이 있습니다. 여류시인들이 쓴 수필집이 그 예입니다. 유안진, 신달자, 김남조 같은 여류시인들이 낸 수필집은 수십만 권씩 팔렸다고 합니다. 그 수필집의 작품성은 나중에 따로 얘기할 기회를 갖겠지만 하여간 수필집도 소설 못지않게 많이 팔리는 책이라는 것만은 여실히 증명했습니다. 여러분도 아시다시피 김형석, 안병욱, 김태길 같은 철학 교수들이 쓴 책도 한때 낙양의 지가를 올린 베스트셀러였습니다. 이해인 수녀나 법정 스님이 쓴 몇몇 수필집은 지금도 베스트셀러 목록을 차지하고 있습니다. 말을 바꾸면 독자들이 수필집을 그만큼 선호한다는 증거 아니겠습니까.

서점에 나가 보면 지금도 베스트셀러 목록에는 반드시 수필집이 들어 있다는 사실을 확인할 수 있습니다.

수필문학의 문제점 진단

그러면서도 수필이 문학권 안에서 제대로 대접을 못 받는다고 수필계에 몸 담고 있는 사람들이 자주 불만을 나타내고 있습니다. 그 원인은 무엇일까요?

원로 수필가 윤모촌은 이렇게 진단합니다. '수필이 문학인가에 대해서는 견해가 두 가지로 갈린다. 하나는 문학으로 보는 것이고, 하나는 보지 않는다는 견해다. 문학으로 보는 쪽은 시·소설·희곡 등이 감당하지 못하는 독자적인 영역이 있다는 점에 주목하고, 보지 않는 쪽은 아무나 쓸 수 있다는 점에서 부정적인 견해를 나타낸다. 그러나 문학으로 보는 쪽일수록 수필의 본질을 알고 있고, 문학이 아니라고 하는 쪽은 수필의 본질을 모르고 있다.'

수필가 이정림도 비슷한 견해를 피력하고 있습니다. '작품을 너무 쉽게 쓴다. 시나 소설이나 희곡처럼 고뇌하고, 역사·철학·종교와 같은 전문서적을 읽고 깊이 공부해야 하는데, 수필가들은 그렇지 못하다.' '가수·아나운서·사회자·개그맨 같은 유명인들이 책을 낸다. 폭력배였던 사람, 아이를 잘 낳는 여자, 매맞고 산 여자, 연하의 남자와 산 여자 등의 글이 판을 치고 있다. 그 영향들이 결국은 수필가의 몫으로 돌아온다는 점도 수필의

가치를 떨어뜨리고 있다.'

1940년대만 해도 수필은 분명 엘리트 문학이었습니다. 수필은 인생을 진실하게 사는 사람만이 쓰는 글입니다. 수필은 사색과 철학을 통해 인간을 그려내는 문학입니다. 수필은 작자의 견문 · 체험 · 감상 등이 작자의 인격에 의해 1인칭으로 쓰이는 글이며, 소설 · 희곡 · 동화처럼 허구로 쓰이는 장르와 구분됩니다. 장래성 있는 신인을 많이 배출되어야 하겠습니다.

왜 배우는가

시나 소설을 곧잘 쓰는 사람도 수필을 써 달라고 청탁을 하면 정말 신기 곤란한 타작을 보내오는 경우가 있습니다. 이건 내가 문예지 편집을 할 때 경험을 해봐서 익히 압니다. 수필은 그저 '붓 가는 대로 쓰는 글'이라고 알고 있어 그런지는 모르겠지만 정말 보기 딱한 글이 부지기수입니다. 명색이 시인, 작가가 돼 가지고 작문 실력이 그래서는 곤란하지요.

시인, 작가가 되면 신문사나 잡지사로부터 칼럼이나 시론(時論)을 써 달라는 청탁을 받게 됩니다. 저는 칼럼을 못 씁니다, 하고 사양할 수는 없지 않습니까. 아시겠지만 칼럼이나 시론 문장은 소설 문장이 아니고, 수필 문장이어야 합니다.

그럼 수필 문장은 따로 있습니까, 하는 의문이 생기겠는데, 앞으로 배워 나가겠지만 소설과는 또 다른 수필 특유의 문장이 분명히 있습니다.

예를 들어 보겠습니다. 시인, 작가가 되었다고 해서 시나 소설만 써서 먹고 살 수만 있다면 얼마나 좋겠습니까. 아시다시피 몇몇 인기 작가를 제외하면 대부분의 시인, 작가들은 기업체의 홍보실이나 잡지사, 신문사, 학교에 재직하고 있습니다. 그런데 간혹은 기업체의 총무과에 들어가 근무할 수도 있지 않겠습니까. 어쩌다 보면 사장님의 인사말이나 연설문을 써 보라는 지시를 받게 됩니다. 문예창작과 출신이니까 당연한 부탁이기도 하겠지요. 그런데 사장님의 인사말이나 연설문을 소설식 문장으로 씁니까, 아니면 동화나 시적인 문장으로 씁니까. 당연히 수필 문장으로 써야 합니다. 배우지 않고는 쓰지 못한다는 점을 명심하시기 바랍니다.

자기소개서는 또 어떻게 씁니까. 출판사나 잡지사 등에서도 자기소개서를 받습니다. 명색이 문예창작과를 나왔다는 사람이 쓴 자기소개서가 소설식 문장이어서는 곤란합니다.

한국 축구의 문제점이 뭔지 아시지요. 기초가 안되어 있다는 겁니다. 하프 라인은 잘 넘어 갑니다. 골문 앞에서 어떻게 됩니까. 헛발질로 끝납니다. 소설가도 마찬가지입니다. 어찌어찌 문단에 데뷔는 하겠지만, 기초가 약해서는 큰 작가가 못 됩니다. 절반만 성공한 작가로 만족하겠습니까.

시, 소설을 잘 쓰기 위해서도 수필을 잘 써야 합니다.

소설이 수필처럼 씌어지는 경우도 없지 않지만, 그런 것을 떠나서도 소설을 보다 잘 쓰기 위해 수필적인 논리와 사유가 꼭 필요합니다. 지금은 믿어지지 않을는지 모르겠지만, 나중에 지금 내가 한 말을 기억할 날이 있을 것입니다.

지금은 고인(故人)이 되신 문학평론가 조연현 선생님은 당신의 저서 〈손수건의 思想〉이란 수필집의 서문에 다음과 같은 견해를 피력했습니다. '그 동안 나는 평론과 함께 여러 종류의 수필도 썼다. 그러는 사이에 평론과 수필과의 구별이나 차이가 나에게는 아주 무의미한 것이 되어 버렸다. 시나 소설의 차이도 무의미한 것처럼. 누구나 대결하지 않을 수 없는 인생의 문제를 앞에 두고 이를 표현하는 데에는 다만 그에 적절한 표현 양식만이 문제일 뿐이기 때문이다. 나는 나의 문장이 평론으로서 읽혀도 좋고 수필로서 읽혀도 상관없다고 생각한다. 싸르트르의 〈구토〉가 소설로서 읽혀도 좋고 수필로서 읽혀도 좋은 것처럼. 문제는 다만 내가 평론을 썼느냐 수필을 썼느냐 하는 데 있는 것이 아니고 내가 인생을 어떻게 체험하고 어떻게 표현하고 있는가에 있을 것이기 때문이다.'

그러면서 선생님은 '평론은 수필처럼 수필은 평론처럼' 써야 한다고 주장한 바 있습니다. 선생님은 오랫동안 문예지 현대문학 주간으로 계시면서 동국대, 한양대 등에서 후학들을 가르쳐 오신 분이며, 한때 김동리·서정주·황순원 등과 더불어 우리 문단을 이끌어 온 원로였

습니다. 적당한 때에 이 분의 수필 작품을 감상할 기회를
갖겠습니다.

이렇게 하면 좋은 글을 쓴다

어떻게 하면 좋은 글을 쓸 수 있을까? 하는 문제를 논의해 보기로 하겠습니다. 지난 시간에는 글을 쓰려는 마음의 자세랄까, 태도에 관한 문제를 중점적으로 다루었는데, 오늘은 좀 구체적이고 직접적인 글쓰기의 예를 들어 보도록 하겠습니다.

바둑 중에서 훌륭한 내용으로 둔 바둑을 흔히 '명국'이라고 합니다. 나쁜 수, 이상한 수, 완착, 실착이 거의 없는 멋진 수와 좋은 수로 이뤄진 바둑이 바로 명국입니다. 나도 바둑을 조금 둘 줄 아는데, 명국을 감상하고 나면 마치 뛰어난 예술 작품을 감상한 것과 같은 상쾌한 기분을 느끼곤 합니다.

아마츄어 중에는 자기가 좋아하는 기사의 기보(棋譜)를 간직해 두었다가 시간이 날 때마다 바둑판에다 수순대로 돌을 놓아 보기를 즐기는 사람이 있습니다. 아름다

운 명곡을 되풀이 듣듯이 마음에 드는 바둑을 두고두고
놓아 보면 은은한 즐거움을 맛볼 수 있다고 합니다. 바둑
을 둘 상대가 없을 때 좋아하는 기보를 음미해 보는 것도
바둑팬에겐 실력 향상과 여가 선용의 한 방법이 됩니다.
이처럼 바둑팬의 사랑을 받는 바둑은 대개가 명국인 경
우가 많습니다.

프로기사들은 시합을 할 때 누구나 명국을 두겠다는 마
음을 무의식적으로 갖고 있다고 합니다. 특히 기보가 팬
들에게 전해지는 바둑인 경우 부끄럽지 않은 한판을 만
들려고 노력합니다. 그래서 쉽사리 이기는 수단이 속되
고 조잡한 방법일 경우 망설이며 좀더 깔끔하고 세련된
수가 없나 하고 시간을 들이기도 한다는 말을 들었습니
다.

그러나 명국 창조에 대한 기사들의 집념에도 명국은 쉽
사리 나오지 않습니다. 시작할 때는 멋진 바둑을 두자고
다짐하던 예술가적인 본능이 어느 틈엔가 이기고 보자는
승부사적 욕망으로 대체돼 버립니다. 자연히 바둑은 구
겨지고 엉망이 되는 경우가 많습니다.

작가들도 작품을 쓸 때마다 최고의 작품을 쓰려고 고심
합니다. 밤을 하얗게 새워 가며, 피가 마르고 뼈를 깎는
아픔을 감수하면서 열심히 글을 씁니다.

그러나 그렇게 애를 써도 작품을 쓸 때마다 시대와 지
역을 초월해서 널리 읽히는 명작이 나오는 것은 아닙니

다. 프로기사가 바둑을 둘 때마다 명국을 남기려고 애를 쓰지만 결국 이기고 보자는 승부사적 욕망에 사로잡혀 그 뜻을 이루지 못하는 것처럼 말입니다.

그러면 어떻게 해야 좋은 글을 쓸 수 있을까요?

첫째, 맞춤법을 정확히 알아야 합니다. 명색이 작가이면서 맞춤법을 모른다면 말이 되지 않습니다.

우리 나라 현역 작가들 중에는 맞춤법을 잘 알지 못하는 작가들이 의외로 무척 많습니다. 출판사나 잡지사 편집부 직원이 맞춤법이나 띄어쓰기 같은 것을 다듬어 주지 않고 작가들이 써낸 원고를 곧이 곧대로 발표한다고 가정해 보면 아찔한 생각이 들 때가 참 많습니다. 맞춤법도 모르는 작가라는 사실을 독자들이 안다면 어떻게 될까요? 다시는 글을 쓰지 못할 작가들이 한둘에 그칠 일이 아님을 경험에 의해 나는 알고 있습니다.

맞춤법도 모르는 작가, 이건 정말 곤란한 문제입니다. 맞춤법도 모르는 작가의 작품이라면 '오죽하랴' 싶은 생각이 드는 것도 무리는 아니라고 봅니다. 자동차라면 나사가 하나쯤 빠져 있을 것 같은 미심쩍은 생각이 들지 않습니까?

둘째, 말의 용도를 알고 써야 합니다.

잘못된 광고로 인해 말의 용도가 훼손된 경우를 살펴보겠습니다. 어느 내의 회사의 광고에서 '엄청 시원하다'라는 카피를 텔레비전 광고로 내보낸 적이 있습니다. 많은 사람들이 그 말의 정확한 용도를 알지 못한 채 광고에 나온 말을 그대로 응용했습니다.

사전에 보면 '엄청나다' 는 말은 있어도 '엄청' 이란 말은 없습니다. '엄청나게 많다' 는 표현은 옳지만 '엄청 많다' 는 말은 옳지 않습니다. 요즘 너도나도 '엄청' 이란 말을 남용하는 것을 보면서 한 사람의 실수가 얼마나 엄청난 말의 혼란을 가져올 수 있는가를 실감하게 됩니다.

작가들이 흔히 저지르는 실수 하나를 들어 보겠습니다. "그는 바지 주머니에 양손을 찔러넣고 발밑을 쳐다보면서 묵묵히 걷고 있었다." "그 여자는 강물을 쳐다보면서 울고 또 울었다." 는 표현이 있다고 합시다. 어느 부분이 어떻게 틀렸다고 생각하십니까? '쳐다보다' 는 말이 틀렸습니다. '쳐다보다' 는 말은 눈 위의 것을 표현할 때 쓰는 말입니다. 나무 위나, 하늘을 쳐다본다는 말은 맞지만 발밑이나 강물은 들여다본다고 해야지 쳐다본다고 표현하면 사리에 맞지 않는 말이 됩니다. 다만 '강물' 정도는 '들여다보다' 라고 하지 않고, '바라보다' 는 말이 더 적절할는지도 모르겠습니다.

요즘 텔레비전을 보면 '……인 것 같다' 라는 말을 참 많이 쓰고 있습니다. 숲이 우거진 야외에서 산책을 하고 있는 어느 여자분에게 지금 기분이 어떠냐고 물었습니다. 그 여자의 대답이 "오랜만에 이렇게 야외에 나와 보아서 그런지 참 기분이 좋은 것 같아요." 라고 대답했습니다. 얼핏 생각하면 말이 되는 것 같지만 이 역시 상당한 오류를 발견할 수 있습니다. 어느 부분에 오류가 발생했습니까? 바로 '기분이 좋은 것 같애요'에 있습니다. 다른 사람의 기분을 묻고 있는 것이 아니라 자신의 기분이 어떠냐는 질문입니다. 그런데 '좋은 것 같애요'라니, 말도 안됩니다. 좋으면 좋다, 나쁘면 나쁘다로 명확하게 자기의 생각을 표현해야지, 마치 남의 기분을 짐작해서 대신 말해 주는 듯한 태도, 그것이 잘못되었다는 겁니다. 정확한 대답은 "기분이 참 좋습니다"입니다. '참 좋다'나 '좋은 것 같다'는 것이 결국 그게 그거 아니냐고 생각해서는 안됩니다. 그것은 작가가 갖춰야 할 올바른 태도가 아닙니다.

사회 지도층 인사들 가운데서 '저희 나라'라는 말을 아무렇지도 않게 사용하는 경우를 더러 보게 됩니다. 이 땅이 '독립국가연합'이라도 되는 겁니까? 우리가 사는 이곳은 '우리 나라'가 있을 뿐입니다.

셋째, 진실한 문장을 써야 합니다.

흔히들 글을 쓸 때 멋있고 아름다운 문장을 만들기 위해 고심합니다. 그러나 진정 훌륭하고 감동적인 문장은 자신의 솔직한 마음이 진솔하고 자연스럽게 배어든 문장임을 명심해야 합니다.

자기 자신도 무슨 말을 하고 있는지 잘 알지 못하는 추상적인 문장을 한도 끝도 없이 늘어놓는 것은 금물입니다. 언어의 마술사니, 감각적인 언어니 해서 비평가들의 칭찬을 받는 작가들이 여럿 있습니다마는 초보자들이 함부로 흉내 낼 일이 아닙니다. 초보자들은 뭐니뭐니해도 우선 정확한 문장을 만드는 훈련이 몸에 배어 있어야 합니다.

넷째, 글은 말하듯이 자연스럽게 써야 합니다. 이유는 그렇게 해야 글쓰는 이의 생각을 가장 잘 전달해 주기 때문입니다.

우리들의 의식 속에는 말하는 언어와 글 쓰는 언어가 다르다는 선입견에 사로잡혀 있습니다. '구어체 따로, 문어체 따로'라는 이런 생각이야말로 시급히 청산해야 할 가장 큰 과제 중의 하나입니다. 멋있게 꾸민 문장, 억지로 꾸민 문장은 글쓴이가 말하고자 하는 바를 읽는 사람이 파악하기 어려울 뿐만 아니라 공감을 불러일으키지도 못합니다.

다섯째, 부단히 노력해야 합니다.

우리가 선택할 수 있는 글감은 무수히 많습니다. 눈에 보이는 모든 것에서부터 눈에 보이지 않는 생각이나 관념까지도 글감이 됩니다.

그러나 이 많은 글의 소재들이 모두 내가 쓸 글감이 되는 것은 아닙니다. 우리가 옷을 고를 때 아무 옷이나 고르지 않는 것과 같습니다. 자신에게 너무 크거나 작은 옷은 어울리지도 않을 뿐더러 남이 보기에도 어색하고 자신도 불편하기 때문입니다.

글도 이처럼 자신에게 꼭 맞는 '무엇'을 찾아서 써야 좋은 글이 되고 글쓰기의 참맛을 느끼게 됩니다.

어느날 갑자기 "아 바로 이거야. 이걸 글로 써야지"하고 순간적으로 만나게 되는 소재도 사실은 저절로 생기는 것이 아닙니다. 글거리를 찾는 부단한 노력 끝에 얻어지는 것임을 알아야 합니다.

요즘은 기계로 대리석을 자릅니다만 예전에는 석수가 대리석을 쪼개기 위해서 한 곳에다 정을 박아놓고 망치로 똑 같은 곳을 계속 두들겼습니다. 열번, 스무번, 백번을 두들깁니다. 백번을 두들겨도 끄떡하지 않던 대리석이 백한번째 망치질에 그만 쩍 갈라집니다. 이 백한번째의 망치질, 그것이 대리석을 자른 것은 아닙니다. 이미 그 이전의 백번의 망치질이 누적 효과를 내어 그 단단한 대리석이 깨어진 것입니다.

우리의 하는 일이 전혀 아무런 진전도 없는 것처럼 보일 수도 있습니다. 어떤 때는 우리의 모든 노력이 한순간에 물거품이 되어 버리는 것으로 느껴질 때도 있습니다. 그러나 우리는 포기하지 아니하고 꾸준히 우리의 하는 일을 해 나아가야 합니다. 그러다 보면 언젠가는 승리를 걷게 됩니다. 마지막 한번의 노력으로 모든 것이 이루어진 것은 아닙니다. 그 이전의 모든 노력이 쌓이고 쌓여서 그 효과를 발하게 되는 것입니다.

여섯째, 가장 자신 있는 이야기를 소재로 선택해야 합니다.

자신이 특별한 지식과 이해를 가지고 있는 사물을 글감으로 사용하는 것이 아주 좋습니다. 잘 알지도 못하는 소재를 선택했다가는 글이 잘 씌어지지도 않지만 나중에 엉터리라는 비난을 면치 못합니다.

　사람은 누구나 하나쯤은 남에게 해주고 싶은 이야기가 있을 것입니다. 하고 싶지도 않은 이야기를 억지로 꾸며 한다거나, 남들이 이미 잘 아는 이야기를 글로 쓸 때는 쓰는 사람은 물론이고 읽는 사람도 재미를 느끼지 못합니다. 초보자 시절에는 가장 잘 이해하고 있는 자신이나 가족에 관한 이야기로부터 글쓰기를 시작해 보면 그다지 큰 어려움을 겪지 않고도 좋은 글을 쓸 수 있으리라고 생각합니다.

우리 모두 반성하자

우리 나라 소설은 장편소설이 아니라 중·단편소설 위주로 발전해 왔습니다. 문학의 '한국적 후진성'으로 진단할 수밖에 없는 이런 현상과 관행은 지금도 변할 기미를 보이지 않고 있습니다.

우리 나라에는 각종 문학상이 난립해 있습니다. 그 중의 몇몇 문학상은 전통과 권위를 자랑하고 있어 문단 안팎의 관심도가 매우 높습니다. 그런데 어떻습니까. 전통과 권위를 자랑하는 그 문학상의 수상작은 예외 없이 중·단편입니다. 이유는 지극히 간단한 원리에서 출발합니다. 수상의 물망에 올랐던 후보작까지 합쳐 단행본으로 묶어 팔아 먹어야 하기 때문입니다.

전통과 권위까지 싸잡아서 빤한 장삿속으로 타락해 버린 이런 어처구니없는 작태 앞에서도 우리 문단은 지금 속수무책입니다. 심지어 그런 작품들을 선정하는 데 일

조를 아끼지 않은 심사위원조차도 자기 반성 같은 것을 기대하기조차 어려운 이상한 상황에서 우리 모두는 장사꾼이 주선한 잔치마당에 묵시적인 참여를 강요받고 있습니다.

출판사에서 펴낸 한국문학전집의 경우도 그렇습니다. 가령 100권짜리 전집이 나왔다고 합시다. 100권짜리 문학전집, 이건 생각만 해도 가슴이 벅찬 대역사(大役事)입니다. 이런 정도의 분량이면 우리 나라 문학작품의 대표작은 거의 망라되었다고 믿어도 좋습니다. 여타 출판사에서 마르고 닳도록 우려먹고 또 우려먹은 작품들을 골라 모았다는 점이 다소 유감스럽기는 하지만 그것까지야 구태여 상관할 바가 아니겠지요.

그런데 나는 여기서도 참으로 이상한 현상을 발견합니다. 이 100권짜리 문학전집에 들어 있는 대부분의 작품이 중·단편에 국한되어 있다는 사실이 그것입니다. 사정이 그렇고 보면 그동안 장편소설에만 전심전력을 기울여 온 작가의 작품이 이런 자리에서 제외되고 배척당하게 마련입니다.

신문에 나는 소위 월평(月評)이란 것을 보아도 그렇습니다. 주먹만한 활자에 대문짝만한 얼굴 사진까지 곁들여져 있어서 모처럼 대단한 작품이 나왔나 보다 싶어 설레이는 마음으로 내용을 훑어보면 고작 100장 안팎의 단편소설이거나 길어야 300장 안팎의 중편소설을 소개하고 있기가 예사입니다. 이런 기사가 실린 난에는 으레 장편소설 출간도 구색 맞추어 소개되고 있지만, 그 내용이 아주 빈약합니다. 1단짜리 기사로 두세 줄, 길어야 대여섯 줄로 짤막하게 소개하고 있습니다. 적어도 1천장, 많으면 2, 3천장 이상의 장편소설이 그런 식으로 푸대접을 받아도 누구 하나 나서서 이의를 제기하는 사람도 없고, 이의를 제기할 처지도 못됩니다. 100장 내지 300장 안팎의 중·단편만도 못한 푸대접을 받아 가면서 애써 장편소설에 매달린 작가의 노고를 어리석고 미련하다고 손가락질을 하지 않는 것이 그나마 다행입니다.

기업체에서 발행하는 사보(社報) 덕분에 우리 작가들이 그동안 참 많은 꽁트를 발표했습니다. 그래서 콩트집도 여러 권 나왔구요. 하지만 이들 콩트가 비평의 대상이 된 적을 나는 보지 못했습니다. 콩트와 단편소설의 속성이 다르고, 중·단편과 장편소설의 위상이 다르다는 것을 모르고 하는 말이 아닙니다. 짧은 소설이 우대받는 우리 나라 문학 풍토에서 꽁트가 비평의 대상이 되지 않는 것이 기현상이라는 생각이 들지 않습니까.

중·단편소설이 우리 나라처럼 우대받는 나라는 아마 유례를 찾아보기 어렵지 않나 생각합니다. 그러나 내가 감히 단언합니다. 지금은 비록 빼어난 우수작으로 손꼽혀 세상의 눈과 귀를 속이고 허명(虛名)을 훔치지만 그것이 중·단편인 이상 오래지 않아 지금 우리가 예사롭게 대하는 콩트 이상의 관심도를 지니지 못할 날이 반드시 있을 것입니다. 누가 뭐라고 하든 소설의 주체는 마땅히 장편소설이어야 하고, 그것은 세계적인 추세이기도 합니다.

요즘 생각을 바꾸자는 말들을 참 많이 합니다. 그렇습니다. 우리 문단도 틀에 박힌 고정관념에서 하루 속히 탈피할 때가 되었다고 봅니다. 시인·작가는 말할 것도 없고, 신춘문예를 포함한 각종 문학상 심사에 참여하는 심사위원들, 그것을 주최하는 출판사와 잡지사들, 그리고 문학비평가들 모두가 마음의 그릇을 크게 가져야 하겠습니다.

이제부터는 장편소설에다 보다 적극적인 관심과 애정을 기울여야 하겠습니다. 조금 잘 팔리면 대중소설로 매도하고, 안 팔리면 함량 미달로 단죄하는 이런 무책임한 이분논법으로 방치해 둔다면 우리 장편소설은 더 이상의 발전을 기대하기 어렵습니다.

내가 문단 말석에 보잘 것 없는 얼굴을 내밀었을 때를 돌이켜 봅니다. 그 무렵은 난생 처음 만난 사이면서도 동류(同類)라는 사실 하나만으로 마치 오랜 지기(知己)인 것처럼 인정 베풀기를 꺼리는 법이 없었습니다. 그런데 지금은 어떻습니까. 이편인가 저편인가 먼저 알아보고 내 편이 아니면 깔보고 업신여기고 배척하고 손가락질하는 일이 노골적이게 되었습니다. 인심이 이렇게까지 야박하고 각박한 적이 옛날 어느 시대에도 없었던 걸 우리 모두는 알아야 합니다.

심사에 참여하는 사람들이 반성해야 할 점도 적지 않습

니다. 예로부터 허물 있는 자에게 죄를 내리기보다 잘한 사람에게 상을 주기가 더 어렵다 하였습니다. 공정하고 명백하게 살펴서 의혹이나 억울한 사람이 없게 하기란 그리 쉬운 일이 아닙니다. 권하고 강요하는 이가 있더라도 모름지기 조심하고 두려워하는 마음으로 사양하고 양보하여 덕과 능력을 갖춘 사람에게 책임이 가도록 스스로를 낮추어 삼가는 것이 폐단을 방지하는 지름길이 아니겠습니까. 두어 번 선택받아 위력을 발휘해 보았으면 그것으로 만족할 일이지, 나아갈 자리와 물러서야 할 곳을 구분하지 못하고, 부르는 곳마다 숨가쁘게 달려가서 사정(私情)을 교묘히 숨기고 평소에 친한 사람이나 아류(亞流)를 높이 추켜올리기를 능사로 삼는 이가 우리 문단에는 분명히 있습니다. 신춘문예에 참여하는 심사위원도 사정은 별반 다르지 않습니다. 다양한 개성을 갖춘 신인을 발굴한다는 것은 우리 문학의 내일과도 직결되는 문제여서 참으로 중요한 일입니다. 그러자면 심사위원도 따라서 다양해져야 한다고 봅니다. 저만한 능력과 덕망을 갖춘 작가가 세상에 없는 것이 아닙니다. 부르고 권한다 하여 때만 되면 신문사마다 쫓아가 어줍잖은 평문(評文)으로 지면을 어지럽혀 뜻있는 사람들의 눈살을 찌푸리게 하면서도 부끄러움을 모르는 소인배는 없는지요. 보기에 딱하고 민망하지만 이런 사람들이란 예로부터 제가 남보다 잘난 줄만 알았지 세상에 사람 있는 줄을 알지 못합니다. 이런 사람들이란 남의 말에 귀를 기울이는 법이 없습니다. 사양하고 양보하는 것이 스스로를 위해 좋지 않겠느냐 충고라도 할라치면 오히려 불같이 화를 내게 마련이어서 가만히 웃어 보이거나 못 본 척 돌아서는 것이 미덕인 지 이미 오래 되었습니다. 어른이 어른답지 못하면서 젊은이들의 버릇 없고 방자함을 탓해 보았자 무슨 소용이겠습니까.

그렇다고 사태가 절망적인 것만은 아닙니다. 지금은 비록 거기에 상응하는 대접을 받지 못하지만, 그래도 시류에 야합하지 않고 정도(正道)를 걸어가고자 고군분투하는 젊은 작가들이 우리 곁에 있습니다. 출판사나 문예지의 주구(走狗)로 전락해 버린 사이비 비평가들이 비평 일선에서 물러서고, 나는 이제부터 장편소설이 아니면 말하지 않겠다는 용기 있고 진보적인 젊은 비평가도 있습니다. 여타 작품은 읽어 보지도 않고 미리 수상자를 결정해 가지고 심사장에 나아가 교묘한 화술과 문력(文歷)의 권위로써 상대방을 제압하여 자기 고집만 부리거나, 주최측의 농간에 놀아나면서도 그게 아닌 척 시치미를 떼는, 어른답지 못한 심사위원 단골 손님들이 도태되는 날도 멀지 않았습니다. 오로지 사람 만났다는 실적 쌓기에 분주한 관련 고급 관리를 만나 사리에 닿지도 않은 몇 마디 요설을 중언부언 지절거려 놓고 마치 한국문학 발전에 대단한 직언(直言)이나 남긴 듯이 으시대는 덜 떨어진 문사(文士)들이 설 자리도 그리 많지 않습니다. 시인·작가가 같은 자리에 함께 있더라도 말이 비평가나 문학상 심사위원에 미치게 되면 입을 가리고 손짓을 하면서, 이로 인해 다만 손해를 입을 따름이라고 서로 경계하기에 분주한 소인배들이 물러서는 날, 우리의 장편소설도 세계의 문학과 어깨를 견주고, 그 가치 역시 새롭게 조명되지 않겠습니까. ㉾

뿌리出版社
뿌리文化社

뿌리出版社 뿌리出版社 뿌리出版社 뿌리出版社
뿌리文化社 뿌리文化社 뿌리文化社 뿌리文化社